カバー絵・口絵・本文イラスト■高永《たかなが》 ひなこ

白衣の熱情

浅見茉莉

この物語はフィクションであり、実在の人物・団体・事件等とは、いっさい関係ありません。

CONTENTS

白衣の熱情

正午を一時間ほど回って、東都医科大学付属病院《とうといかだいがくふぞくびょういん》の整形外科医局には、午前の一般外来診察を終えた医師たちが集まり始めている。

財布を手に再び出ていく者や、買ってきた弁当をデスクで掻《か》き込んでいる者。

入局四年目になる松原敦希《まつばらあつき》が自分の席に座ると、向かい側のデスクにいた後輩医師が声をかけてきた。

「松原先生、これから弁当買いに行きますけど、なにかいりますか?」

「あ──、いや、いい」

敦希の返事に、後輩医師は気づかわしげに眉《まゆ》を寄せる。

「ここんところ、ろくに昼食べてないでしょう。顔色よくないですよ」

「そうそう。医者のほうが具合悪そうにしてちゃ、患者が不安になるって」

横で出前のカツ丼を頬張《ほおば》っていた先輩医師が、箸《はし》を振り回しながら口を挟《はさ》む。

「朝と夜は食べてますよ」

苦笑して答えたものの、それは嘘だった。

食べ物など喉《のど》を通らない。何杯かのコーヒーと、酔《よ》い潰《つぶ》れて意識を失うための夜の酒だけ──そんな毎日が続いている。

敦希はそれ以上の追及を逃れるように、部屋の片隅にあるコーヒーメーカーに向かった。

「山口《やまぐち》先生、今日の予約だった斉藤《さいとう》さん、来週木曜の三時からに変更お願いします」

「はーい、了解」

ドア口からの看護師の声に応《こた》えた先輩医師は、手元にある今日の予約スケジュール表を辿《たど》って修正する。ペンを持つ手が止まって、壁に貼られたカレンダーを振り返った。

「あ、たしか今日だったよな？　浅倉《あさくら》の渡米日」

なにげない口調《くちょう》だったが、サーバーを持つ敦希の手は大きく揺れた。

「……そう…でしたか？」

「今日の昼の便だって言ってただろ。なんだよ、親友だったんじゃないの？　薄情だなー、見送りにも行かないで」

「休みならともかく、仕事ですから」

無理に笑おうとした口元が歪《ゆが》む。

会話を中断するために、かすかに震える手で紙コップを口に運んだ。

浅倉……――。

心の中でその名を呼べば、思い出すまでもなく面影が浮かんでくる。

敦希より十センチ上から見下ろす眼差《まなざ》しの、落ち着いた輝き。決して饒舌《じょうぜつ》ではないが、本質を突いた言葉を紡《つむ》ぐ唇。望んだときにはいつも強く抱きしめてくれた、逞《たくま》しい腕。

しかしそれらと共に今溢《あふ》れてくるのは、苦い思いだけだった。

浅倉哲《さとる》は敦希と同期の整形外科医であり、先週まではこの医局に在籍していた。

彼が大学病院を辞してロサンゼルスにあるサウスLA救急医療センターに移ると聞いたのは、退職日のわずか一週間前。

相談はおろか、ギリギリまでなにも知らされていなかった。

浅倉……本当に……。

窓の外を見上げたところで、浅倉が乗った飛行機が見えるわけでもない。

本当にもう、ここに彼はいないのだろうか。

自分は浅倉にとって、その程度の存在でしかなかったのか。

いや、敦希だってこれまで浅倉の存在を改めて考えることなどなかった。

学生時代からかれこれ十年を共に過ごし、いつの間にか隣にいるのが当然のように思っていた。

医師として競い合い、友人として笑い合い、そして恋人として抱き合ってきた。そして、これからもそれがずっと続くものだと――そんなつもりでいたのは自分だけだったのだろうか。

口の中に広がる煮詰まったコーヒーの味が胸を焼く。

しかし、それを浅倉に問いただすこともできなかった。

はっきりと答えを聞くのが怖かった。浅倉が自分を切り捨てていったのかと思うと――。

自分が心を向ける相手から、不要なものと処され立ち去られる――その取り残されたときの孤独感、足元が崩《くず》れ落ちていくような喪失感《そうしつ》は、消し去りたいと願い、しかし忘れられずにいる過去を思い出させる。それは、唯一の肉親であった母に捨てられ孤児となった記憶だった。

二十年近くが経《た》った今でも癒《い》えることのない痼《しこ》りとなっている心の深い傷は、二度と味わいたくないものだった。

それゆえに敦希は、誰とも距離を置いた関わりしか持てずにいたと言ってもいい。そして浅倉とも、そんなつき合いをしてきたと信じていた。

しかし浅倉がいなくなると知って、最初はただ驚いていただけだった自分の心が、どれほど彼に占められていたかに気づいた。自分が彼をどれほど愛していたかも。

この一週間、院内で何度となくすれ違いながら、問いただすことはおろか声もかけられなかったのは、自分を避けているように見えた浅倉の態度のせいだけではない。

浅倉が進路を決めた今さら、なにをしようともすべてが遅すぎると思えたからだ。

浅倉も俺を必要としていなかったんだ……。

自分に言い聞かせながら、その言葉に傷ついていく。

諦《あきら》めるしかない。早く忘れて、自分の生活を築いていかなくては――。けれど、どうやってこれから生きていこう。そんな自問自答を繰り返し、毎晩酒に逃れて想いを引きずっている。

……気持ち悪い……──。

胃に届いたコーヒーが食道を逆流しそうな不快感に襲われる。慢性化した頭痛が、こめかみを打ちつける。

「あ……おいっ！　松原！　どうした!?」

眩暈《めまい》と同時に、意識が急速に薄れていく。

膝《ひざ》を崩し、倒れ込んだ身体の痛さも感じなかった。

「松原先生っ！」

駆《か》け寄ってくる足音。

抱き起こす誰かの腕。

霞《かす》む視界に、窓の外の青空が見えた。

「……はい。じゃあ竹井《たけい》さん、お願いします」

足首を腫《は》らした小学二年生の男の子の患部に湿布《しっぷ》を当て、敦希は横に控《ひか》えていたベテラン看護師に顔を向けた。

初老の域に達する竹井はかすかに頷《うなず》くと、熟練の動作で少年の足首に包帯を巻いていく。敦希はそれを見届けながら診療台を離れ、デスクの椅子《いす》に座った。

「湿布を出しますので、様子を見ながら取り替えてください。あまり走ったり跳《と》んだりしないように――」

「それだけでだいじょうぶですか？」

敦希の言葉を遮《さえぎ》って訊《たず》ねてきた母親に、書き込んでいたカルテから思わず目を上げる。きれいに口紅の塗《ぬ》られた唇が、どこか不満そうだった。

「……捻挫《ねんざ》ですから」

「でも、あんなに痛がってたんですよ？　ヒビとか入ってるんじゃ」

うんざりしそうになるのを堪《こら》えて、シャーカステンを示す。これも母親に請《こ》われて撮影したX線写真だった。

「レントゲン写真にも骨の異常は見当たりません。だいじょうぶですよ」

少年はすでに涙も止まり、包帯に包まれた足を興味深げに見つめていた。

「ユウくん、痛くないの？　歩ける？」

納得がいかない様子で、今度は息子に話しかける母親だが、「うん、なおった」とにっこり答えられている。

「二、三日しても腫れが引かないようでしたら、診《み》せに来てください」

ごく軽い捻挫としか言いようがない。過保護な親が増えているのはしかたのないことかもしれないが、その分疾病《しっぺい》やけがについての知識も中途半端に備えていて、見当違いに大げさな想像をしたりする。結果、過剰な治療を求め、それがなされなければ不満げだし、なされれば病状はともかくそれだけで安心してしまう。

もっとも母親が不安がるのは、敦希の若さも無関係ではないのかもしれない。

そうは言っても、もう三十一なんだけどな……。

浅倉の渡米から三年――。

あれからほどなくして敦希は体調不良を理由に大学病院を辞し、今は実家の松原医院で働いている。

そこそこの経験も積み、医師としては中堅にさしかかる年齢なのだが、線が細い外見のせいか、へたをすると二十代半《なか》ばくらいに思われてしまう。患者側としては頼りなく見えるのもしかたがないのだろうか。

診察室を出て行く親子を見送って、机の端に目を向けた。次のカルテは置いていない。続けて壁の時計を見上げると、診療終了の六時を五分ほど回っていた。

今日は十三人か……。

下町の個人医院として、この一日の患者数はどうなのだろう。敦希にわかるのは、半年前に院長だった養父が急逝《きゅうせい》して以来、患者は減る一方だということだけだった。

亡くなった養父は、ここで開業して四十年近くになろうとしていた。豪放磊落《ごうほうらいらく》な気性と歯に衣着せぬもの言いは、下町の住人たちにも慕われ、診察でもないのに待合室に居座る者までいて、いつも病院らしからぬ活気に溢れていたものだった。

そんな雰囲気が病院としていいかと訊《き》かれれば首を捻《ひね》るし、今の敦希自身が目指しているわけでもないけれど、跡を継いだ者として、経営が成り立たなくなるのは困る。

敦希は中学生のときに、松原院長夫妻の元に養子に入った。それ以前は児童養護施設で暮らしていた。

何人もの施設の子供の中から自分が引き取られたのは、統一模試などにも上位成績者として名前が出るような頭を持っていたからだと、敦希は思っている。子供のいなかった院長夫妻には、医院の跡継ぎが必要だったのだろう。

口に出してそう言われたわけではないけれど、間近で養父の働く姿を見ている間に、敦希自身も医者という仕事に魅力ややりがいを感じるようになって医学部を目指し、そして大学病院に勤務した。

もちろん最終的には松原医院を継ぐことを念頭に置いていたから、いずれは大学病院を辞めて養父の元で、ここでの医者としてのやり方を覚えるつもりでいた。専門だけに携《たずさ》わっていた身では、なんでも屋の開業医は務まらない。

いずれにしてもそれはずいぶん先のはずだったが——。

予定を早める原因となった男の顔が、ふと脳裏に浮かんだ。同時に、その顔とセットになってしまった胸の痛みに襲われる。

「敦希先生、それじゃお先に失礼しますよ」

戸締まりを終えたらしい竹井が、診察室のドアを開けた。

「あ、ああ。お疲れさま」

「いけない、またやっちゃった。院長先生でしたっけね」

小太りの肩をすくめる竹井に、敦希は微笑《びしょう》を返す。

「そんなの、どうでもいいよ」

「そうはいきません。けじめってもんです。ま、敦希くんと言わないだけましだったかしら。あ、看護師控え室の冷蔵庫に、里芋《さといも》の煮付けが入ってますから、二階に上がるときに持っていってくださいね」

「いつもありがとう。ごちそうさま」

頭を下げて、敦希は竹井を見送った。敦希が引き取られたときに、すでにここに勤めていた竹井には、病弱で敦希が大学生のときに亡くなった養母同様に世話になっている。特にこの半年は、なにかと食も細りがちの敦希に、今日のように手ずからの総菜を持ってきてくれたりする。

もう一度時計を見上げると、椅子から立ち上がって診察室の窓のブラインドを閉じて回った。照明を落とし始めたところで電話が鳴る。自宅用の回線であることを確認して、敦希はデスクの上の受話器を取った。

「松原です」

『仕事は終わったか？』

「本條《ほんじょう》さん……」

相手を確認したとたん、敦希は困惑した。

東都医科大学付属病院の整形外科に所属する本條滉一《こういち》は、敦希より五年先輩に当たる。三十六歳にして次期助教授の椅子に最も近いと目されている、優秀な医師だ。

同時に野心にも溢れた男だったから、有能な人材を身の回りに集めることにも積極的で、その年の医師国家試験に学内トップで合格した敦希には、入局当時から目をかけてくれた。

敦希も大学病院という職場にいる以上は、派閥《はばつ》というものに所属するのが処世術《しょせいじゅつ》だとわかっている。才能ある先輩の下で自分を磨《みが》くという目的以上に、本條とは、そんな利害関係が元になった関わりだと思っていたのだが――。

浅倉の渡米によって、新たな展開が訪れた。

あの日倒れた敦希が仕事を休みながら考えたのは、自分も大学病院を辞めることだった。病院にいると、浅倉に捨てられたことを意識せずにはいられない。だから、浅倉の思い出が残る場所から逃げ出したかった。

本條はなんとか敦希の決心を翻《ひるがえ》させようと熱心に引き止めてきたが、敦希は首を縦《たて》に振らなかった。

『おまえが辞めたがっているのは、ここに浅倉がいないからか？』

ふいに言い当てられ、敦希は息を呑《の》む。

『あいつはおまえのことなど必要としていない。だから行ってしまったんだろう？』

自分でも繰り返し言い聞かせたことだったが、他人の口から言われればやはりつらくて、敦希は嗚咽《おえつ》を洩《も》らした。

『俺はおまえを必要としている。ずっと離したくないと思っている。それは留まる理由にはならないか？』

自分がまだ誰かに必要とされている——身も心もぼろぼろになっていた敦希にとって、その言葉は唯一の救いになるかと思われた。

しかしそう言って敦希を抱き寄せた本條の言葉の意味が、医師としての敦希だけでなく敦希個人をも望んでいるのだと知って、その手を取ることをやめた。

自分が本條に恋愛感情を抱くことはないだろうから。彼を先輩として以外の目では見られない。なによりも敦希の恋心は、離れてなお強く浅倉だけに向けられていた。

本條に応えられないのなら、彼に助けを求めるような真似《まね》はできない。この傷は自分ひとりで癒《いや》すか、飲み込んで閉じ込めるかしなければならなかった。

しかし敦希が大学病院を辞して実家の松原医院に勤め始めても、本條はたびたび会いに来た。大学病院に戻る意志はないのか、そして自分を受け入れる気持ちはないのか——と。

そして敦希も会うたびに、そんな気にはなれないと答えるのだが、本條の誘いはこの三年間止んだことはない。

『敦希？』

「あ……はい」

受話器の向こうで、かすかに笑う気配があった。

『上の空だな。どうかしたか？』

「いえ、べつに。あの…、なにか？」

事務的な敦希の言葉に、今度はため息が聞こえる。

いい加減に本條と関わるのはやめるべきなのだろう。こうやって本條に時間を費《つい》やさせたところで、なにが変わるわけでもないのだから。

義理を感じてはっきりと拒絶しきれない自分の曖昧《あいまい》な態度が、本條に期待を抱かせているのかもしれない。

けれど最初に本條を受け入れられないと告げたときから、敦希の気持ちに変わりはないのだ。

『会えないかと思ってね。耳に入れたい話がある』

「え……」

どう言って断ろうかと逡巡《しゅんじゅん》していたところに、チャイムの音が割って入った。時間外の来院患者用に、医院の玄関外に設置されたものだ。

「すみません、本條さん。急患らしいので、これで失礼します」

チャイムの音は本條にも聞こえたのだろう。また連絡すると告げて、電話は切れた。

敦希はなんとなくほっとしながら診察室を出て、廊下を小走りに玄関へ向かう。

下町という土地柄なのか、自宅に併設《へいせつ》された病院だからか、診療時間外でも近所の患者が訪れることはよくあった。もっとも敦希に代替わりしてからは、めったにないことでもあったけれど。

なにか緊急の事態だろうかと、それらしい症状の起こりそうな患者を何人か思い浮かべながら玄関のカーテンを開けた。

すっかり日も暮れた薄闇《うすやみ》の中に、長身の影が見える。機械的にカギを開けてドアを開いた敦希は、

「どうしまし――」

言葉の途中で、ようやく目の前の男が誰なのか認識して固まった。

ドア枠《わく》すれすれの位置から敦希を見下ろす、少しきつめの切れ長の双眸《そうぼう》。すっと伸びた鼻筋と口角の締まった口元。衣服の上からも想像に難《かた》くない、逞しい体躯《たいく》。

忘れようと自分に強く言い聞かせていたあまり、逆に幻《まぼろし》を見てしまったのだろうか。

しかし、たしかに今ここに存在しているのは――。

「……あさ……くら……？」

三年前、突然敦希の前から姿を消した浅倉は、再び突然現れた。

「元気だったか？」

変わらない、その少し掠《かす》れた低い声。

敦希は眩暈に襲われ、ドアにしがみついた。

あんなに恋しがって、けれどどんなに望んでも夢にしか現れなかった男が、今になってひょっ

こり姿を見せるなど。

「なん…で……おまえ……」

なにを言えばいいのか、自分がどんな態度を取ればいいのかもわからず、敦希は食い入るように浅倉を見つめた。

たしかに三年の歳月は流れている。目の前の男は、敦希の記憶の中よりも日に焼けて、頬の線が鋭くなっていた。完全に大人の男の顔になったと言ってもいい。

「敦希……」

敦希の視線を真っ直《ます》ぐに受け止めていた浅倉から、深く呟《つぶや》くように名を呼ばれる。その声音《こわね》に、わけもなく身震いした。

やがて浅倉は一瞬ふっと目を伏せ、短く息をつく。

「親父《おやじ》さんが亡くなったって聞いた。遅くなったけど、線香あげていいか?」

日没と共に急速に気温は下がったようで、ふたりの間を吹き抜けた風の冷たさに、薄手のジャケットを羽織《はお》っただけの浅倉は肩をすくめた。

「あ…? ああ」

敦希はよろめくように踵《きびす》を返し、浅倉をドアの中へ入れる。医院の中を突っきって二階の自宅へと向かう間に、いったんは静まった鼓動が、また速度を上げ始めた。背後から感じる視線に、

背中が痛いほど強張《こわば》る。

どうしてここに……――それればかりが頭の中を巡《めぐ》る。

すでに養母の仏壇《ぶつだん》があった養父の部屋が、そのまま仏間になっていた。襖《ふすま》を開けて振り返ると、浅倉は大きなスーツケースを廊下に置いて、部屋へと入っていった。

仏壇の前に正座して線香に火をつける浅倉を食い入るように見つめながら、敦希は指先が震えるのを止められなかった。

浅倉がここにいる。敦希のそばに――。その現実を受け止めるだけで精一杯で、視界に映る景色は、浅倉以外はすべて霞んでいる。

意志の強そうな、真っ直ぐな鼻梁《びりょう》の横顔。鴨居《かもい》に掛けた遺影を見上げる目は、すべてを見通すように強く、深く――。

敦希は思わず自分の胸に拳《こぶし》を押し当てた。

――苦しい。

しかしそれは過去に味わったような痛みではなく、心が震えるあまりの苦しさのような気がした。

養父と面識のあった浅倉は、手を合わせた後もしばらく写真を見つめていた。やがて俯《うつむ》いて立ち上がり、部屋の入り口に突っ立ったままの敦希と視線を合わせる。

また目を合わせることがあるなんて……。

「こっちは、もう冬なんだな」

「そりゃ……十一月だから……お茶淹《い》れる」

視線から逃れるように、廊下を急ぎ足でキッチンへと向かった。

……なにやってるんだ、俺……。

けれどなにか日常の動きをしていないと、自分を保ち続けられそうもない。泣いたり叫《さけ》んだり、そんなことをしないという自信さえ危うい。

——忘れたはずなのに。

そうだ。もう未練は断ちきったはずだった。

いや、少なくとも裏切られた痛みも、なお募《つの》る恋心も、すべてこの三年という月日の中で、ふたをしてしまい込んだはずだったのに——。

ケトルがシュンシュンと蒸気を噴《ふ》き出すのを、レンジの前でじっと見つめていると、

「おい、沸騰《ふっとう》してるじゃないか」

リビングのソファに移動していたはずの浅倉が、いつの間にか真後ろに立っていて、横から手を伸ばし火を止めた。

はっとして顔を上げ、間近の相手の顔にさらに驚き、

「……いいから、座っててくれ」

身を隠すように背中を向ける。

茶筒を持つ手が震えて、茶葉がパラパラとこぼれた。

次から次へと過去の記憶が蘇《よみがえ》ってくる。病院での、さらに学生時代の日常。数えきれないほど抱き合ったこと。

そして──言葉もなく目の前から去られ、絶望に落とされた日々まで。

なぜ自分は捨てられたのか。ずっと訊きたかったことを訊ねるにも、浅倉との再会が突然すぎて、敦希にはそれを受け止める準備ができていない。

それに今さら訊かなくても答えはもう明白で、改めて当人の口から言われても、傷を抉るだけだった。

浅倉のほうを見ずに時間をかけて湯を冷まし、お茶を淹れる。これをテーブルに運ぶまでの間に、敦希も態度を整えなければならない。ただの友人として。抱き合った過去など忘れて。

浅倉が過去を口にしない以上は、自分も気にかけないふりを通すしかなかった。

浅倉は膝の上に両肘《りょうひじ》をつき、組み合わせた指先で顎《あご》を支え、じっと何事か考え込んでいる様子だったが、敦希がテーブルに近づくと顔を上げた。

「ありがとう」

湯飲み茶碗《ちゃわん》は、テーブルに置く前に大きな手に受け取られた。茶托《ちゃたく》の底で、指先が一瞬触れ合う。敦希は息を詰めた。

「……うまい」

呟く声を聞きながら、向かいに腰を下ろした敦希も無言でお茶を啜《すす》る。

「くも膜下《まくか》だったって？」

「ああ……正味《しょうみ》三日かな。ドナーカードがあったから、脳死判定をして……」

「そうか……」

死因を知る程度には、情報が入るルートは持っていたということか。それでも敦希にはまったく連絡もよこさなかったのに、今ごろなぜ――。

「大変だったたな」

今さら、そんな神妙な顔をする必要なんてないのに……。

「べつに……俺は直接なにもできなかったから。どっちかって言うと、亡くなってからのほうが駆けずり回ってたな」

七十を過ぎていたこともあって、養父も遺言書《ゆいごんしょ》などは用意していたが、細々《こまごま》とした手続きは山のようにあった。未《いま》だに片づいていないものもある。

「亡くなったのを聞いたのはもっと前だったんだけど……なかなか戻ってこられなくて」

頭を下げる浅倉に、思わず皮肉な笑みがこぼれてしまう。

「気にすることないだろ」

三年も会っていない、ただの友人なんだから――。

ずっと逸らしていた視線を戻すと、また浅倉の目に迎えられた。

浅倉に真剣な眼差しをじっと注がれると、敦希は落ち着かなくなる。どんな目で見られようと、浅倉の心は自分を特別なものとは思っていないのに。

狼狽《うろた》えて泳ぐ視線がからっぽの湯飲みを映し、逃げ場を見つけた敦希は、お代わりを淹れようと立ち上がった。

「敦希」

心臓が跳ねる。何度この声で名前を呼ばれただろう。ときに病院の通路で鋭く、ときにベッドの中で甘く――。

なぜ、そう呼ぶ――?

ふたを開くな。思い出させるな。

締めつけられるような胸の痛みを覚えながら、平静を装って振り返った。

強い視線が、有無《うむ》を言わさず敦希の目を呪縛《じゅばく》する。

「頼みがある」

「……頼み……？」

「病院を手伝う。ここに居させてくれ」

「……な──」

あまりにも突拍子《とっぴょうし》がなさすぎて、言葉を失う。

病院を手伝う？　しかもここに住み込んで？

「おま……なにを……」

「そのために戻ってきたんだ」

浅倉が目の前に立ち上がり、敦希は仰《の》け反《ぞ》るように半歩退《しりぞ》いた。

そのために……──？

なぜ浅倉がここを手伝わなくてはならないのか。

そもそも彼は今、ロサンゼルスで働いているはずで──。

「……サウスＬＡは？」

「辞めてきた。それで戻ってくるのに時間がかかったんだ」

「辞めた？」

自分で望んで行った職場を辞めて、ここで働くというのか。

敦希はまじまじと自分より高い位置にある男の顔を見つめた。冗談を言っているようには見えない。

「ちょっと……待ってくれ」

浅倉がロサンゼルスの救命救急センターを退職した。それはいい。あり得ないことではない。昼夜のべつなく重篤患者が運び込まれる救急外来は、専任医の疲労度も並大抵《なみたいてい》ではない。身体を壊《こわ》すまではいかなくても、先に精神が参る場合だってあるだろう。ましてや職場は、なにかと勝手が違う異国の地だ。

日本でも救急外来を併設する病院は増えてきている。だから三年の実地を積んだ浅倉が、帰国して国内の同様の施設に勤めるというなら、それは大いに納得できる話だった。実際、即戦力として使えるだろう浅倉を欲しがる病院は、多いと思われる。

それなのに、なんでうちなんだ？

しかも、そのためにわざわざ戻ってきたと言う――。

こんな入院設備もない個人病院では、せっかく鍛《きた》えた外科医の腕も振るいようがないではないか。

わからない……「そのため」の「その」はなんなんだ……？

「敦希……おまえの返事は？」

敦希の思考を遮って答えを急《せ》かす浅倉を、困惑のままに見上げる。

「返事、って……」

ここで浅倉と一緒に仕事をし、生活する——？

そんなことが現実になるのだろうか。

昼も夜も浅倉がそばにいる生活など、浅倉への気持ちが消し去れない自分に耐えられるはずがない。今だってこんなに動揺しているというのに。

三年かけてようやく日常を取り戻したのに、また掻き乱されてしまう。

「うちは……医者がふたりも必要な病院じゃないし……そう、とても給料を払えない。患者も減ってるんだ」

しどろもどろの返事に、

「それなら、立て直しをさせてくれ」

畳《たた》みかけるように返され、焦《あせ》って次の断りの理由を探した。

「だから、なんでおまえが——」

眦《まなじり》の切れ上がった目の真剣さに、言葉を途切れさせ息を呑む。

「手伝わせろよ」

「……っ……」

はね除《の》けきれないのは、なぜだろう。

一方的な手痛い別れを受け入れて、さんざん苦しんだくせに。

浅倉の勝手を受け入れても、敦希にとっていいことなどなにひとつない。強引に居座ろうとしているこの男は、きっとまたなにも言わずに敦希の前から姿を消すに決まっているのだ。あのときのように——。

またみすみす傷つこうというのか。それに自分は耐えられるのか。

敦希は俯いて堅く目を閉じた。握りしめた拳が震える。

——でも……まだ好きなのだ。

諦めきれていない。この腕も低い声も、厚い胸も——すがりつきたいほどに愛《いと》しい。

見込みのない恋慕を、今も変わらず抱いている。

三年を忘れることに費やしながら、自分は浅倉を少しも諦めていない。きっと、むしろその想いを深くしていた。

——抗《あらが》えない。

また傷つくとしても。

今度は立ち直れないかもしれなくても。

目の前の彼を拒絶することはできなかった。

「……好きにしろ」

ため息にも似た言葉がこぼれ落ちた。

敦希が浅倉と出会ったのは、大学寮に入ったときだった。

都下に位置する東都医科大学へは、自宅から通えないことはなかったが、ぎっしりと詰まったカリキュラムを理由に、敦希は家を出た。

養父母は実子同様に接してくれて、表面上はごくふつうの円満な家族関係だったと思う。しかし敦希にとってそれは、養子に入ったときからの細心の気づかいで築いてきたものだ。迎えたことを後悔されないように、勉強にも生活態度にも、できる限りの努力を払って。

その甲斐《かい》あってか、養父母は満足している様子だった。他人の前で、手放しで敦希を褒《ほ》め、自慢することもたびたびだった。

敦希としてもその反応は望むものだったはずなのに、どうしても感じる息苦しさは避けられず、そこから逃れたくなった。

今になって思えば、理想の親子関係を目指すあまり、本音で向き合うことができなかった居心《いご》地《ち》の悪さだったのだろう。

養子縁組という形ではあったが、確固とした親子の関係が作られていてさえ、いや、だからこそそれにひびが入ることが怖くて、身動きが取れなかった。生みの母に捨てられた記憶は、敦希の心に深い影を落とし、関わり合う相手に拒絶されたり嫌われたりすることをひどく畏《おそ》れていた。

そんな緊張の中で親子として暮らすよりは、公立大学の古びた二人部屋で、見知らぬ男と共同生活をするほうがはるかに気楽だった。関係がうまくいかなくても気にすることはない、一過性の相手だったから。

同室の浅倉は神奈川《かながわ》の出身で、敦希と同じくストレート入学だった。年齢も経歴もバラエティに富んでいるのが医学部の特徴でもあるが、実際半数以上が年上のクラスだった。

そんな中で浅倉は、誰に対しても物怖《ものお》じしない態度ではっきりと口をきき、やや傲岸《ごうがん》な印象はあったが、なぜか人心を集め、少し粗野に整った容貌《ようぼう》と相まって目立つ男だった。

同室者としても、特に気になる癖も生活習慣もなかったし、友好的ではあったけれど必要以上につきまとうこともなく、理想的だったと思う。週末はたいてい外泊してしまうのも、敦希にはひとりの時間が持てて好都合だった。

マイナスポイントが見つからなければ、一緒に過ごす時間が多い分、親しくなるのは当然のことだろう。

初めて気負うことなく作った関係は、敦希にとってもこの上なく快適だった。

そして最初の夏が始まったころには、浅倉をいちばん近しい友人として認識していた。

当時すでに自分がゲイかもしれないとは思っていたが、敦希はその歳まで男女問わず肉体関係を持ったことはなかった。ほのかに恋愛感情らしいものを抱いたのが、同性ばかりだったというていどの、奥手な若者だった。

その日は日曜で、昨日の講義の後に寮に戻ることなく外出し、さらに外泊だった浅倉が帰宅するのは、いつものように夕方以降だと思われた。

戻り梅雨《づゆ》のような雨と低めの気温に、敦希はいつもどおりの時間に目覚めたものの、ベッドの中でごろごろと過ごしていた。レポートは昨夜仕上げてしまったし、今日は特にすることもない。

しとしとと窓を濡《ぬ》らす雨と、薄暗い部屋の中。なんとなく手がスウェットパンツの中に伸びる。目を閉じて単調な雨の音を聞きながら、手の中で次第に熱を帯びてくるものを弄《もてあそ》んでいた。

浅倉のいない週末に処理をするのが習慣化しているなと思う。その浅倉もおそらく、同じ時間にどこかで欲望を発散しているのだろう。もちろん敦希のようにひとりでということはないだろうけれど。

浅倉の相手はどんな女性なのだろう。毎週のように出かける浅倉を見ていながら、敦希は訊ねないし、浅倉も自分から話題を出すことはない。

あの力強い腕は、どんなふうに相手を抱くのだろう——。

息が上がってくる。身体を横向けた拍子に、腹にかけていたタオルケットが捲《めく》れ落ちた。

「……っふ……」

ふと目にしたドアが、驚いたことにわずかな軋《きし》みと共に開いた。

動きを止めて凝視《ぎょうし》する敦希と、浅倉の視線がぶつかる。

どうしてこんな時間に——。

「……ただいま」

おそらく敦希の状況を見抜いているのだろう浅倉は、しかし平然と部屋の中へ入ってきた。

身動きできない敦希の背中で、一瞬で湧《わ》き出た汗がじわじわと冷えていく。察しているのだろうから早く出て行ってくれと、必死で祈る敦希の願いに反して、あろうことか浅倉は、反対側の壁に並んだベッドに腰を下ろし、敦希のほうを向いた。

「続ければ？」

「……っ」

それまでの浅倉らしくない質《たち》の悪い揶揄《からか》いに、敦希は顔を赤らめながらも睨《にら》みつけた。すでにショックで萎《な》えかけていたのを幸いに、そっと身を起こす。

「そんな図太い神経、持ち合わせてないよ」

せいぜい浅倉のほうがマナー違反だとわかるように、嫌味を込めて言い返した。

しかし浅倉は堪《こた》えた様子もない。

「休みなんだから、彼女とデートでもしてくれればいいのに」

閉じこもってこんな侘《わ》びしいことをしているな、という意味だろうか。

「……そんな相手がいたら、こんなことしてないだろう」

忌々《いまいま》しく思いながら答えると、浅倉はふと敦希に視線を移した。その目はなにか言いたげにも見えたが、

「そうなんだ」

とだけ呟いて、シャツの胸ポケットから取り出した煙草《たばこ》に火をつける。

ときおり煙草を口にする浅倉に、習慣化していないなら吸わないほうがいいと言ったことがある。精神安定剤だと笑って答えた浅倉だったが、べつに今落ち着かなければならないことはないはずだ。

ゆっくりと紫煙が立ち上っていくのを目で追いながら、なぜか次第に動揺も怒りも治まってくるのを感じていた。

考えてみれば浅倉は、自慰《じい》をしていた敦希を揶揄っているわけではないのかもしれない。むしろこれが浅倉流の、なにげなさを装った気づかいなのかもしれないと思い、敦希はついよけいなことまで打ち明けてしまった。

「女……だめなんだ」

きりりとした眉が、片方だけ器用に上がる。

「……ふーん？」

言ってしまってから、やはり黙っているべきことだったかと思う。同室の男が同性愛者だとわかったら、さすがに引くかもしれない。

浅倉は部屋を替わりたがるだろうか。せっかく初めて得た友人だったが、その関係も消えてしまうだろうか。

……なくしたくない――。

急激に後悔の念に襲われる。

「あの――」

どう言い直せばいいのか決めかねたまま口を開いた敦希は、ふいに煙草を消して立ち上がった浅倉を見て、言葉を途切れさせた。

浅倉はベッドの上に座っている敦希を見下ろす位置に立って、敦希の肩に手を伸ばす。

「じゃあ、俺とやる？」

「え……？」

背を屈《かが》めて近づいてくる顔に気を取られて、言葉の意味を咀嚼《そしゃく》するのが遅れた。肩に置かれた手で、虚《きょ》を衝《つ》かれた身体は簡単に押し倒されてしまう。

「なに——」

薄くて固いマットと厚い胸板に挟まれたのは、あっという間だった。浅倉の体格が平均以上だということを差し引いても、男の身体の重さと堅さに、敦希は戦《おのの》く。

「浅倉……っ」

押し返そうとした両手を、肩の横に縫《ぬ》いとめられた。

「嫌だ？　心配しなくても、べつに病気はないしヤバイ趣味もないぜ？　ただお互い愉《たの》しむだけ」

煙草の残り香が鼻先を掠める。

嫌だとかいいとか以前に、予想もしていなかった展開に言葉を失った。昨日まで同室者として生活していた相手と、こんなふうに密着しているなんて。

浅倉は腹が見えるほど捲れ上がっていた敦希のTシャツを噛《か》んで、さらに引き上げようとする。顎を掠める黒髪の感触が、他人と触れ合っていることを意識させる。

露《あら》わになった胸に、浅倉は唇を這《は》わせた。

「……っう……」

「ずいぶん可愛《かわい》い色だな」

吐息に撫《な》でられてぞくりとしたところを、舌で舐《な》められ、敦希はたまらず背を反らした。熱く濡れた弾力が肌を滑り、乳首を掬い上げる。

「あう…っ……」

初めて他人から与えられる愛撫《あいぶ》は強烈で、敦希の若い身体はたちまち行為に引きずられていく。一度鎮《しず》まった熱が再び上昇を始めた。

このまま流されていいのかと、頭の隅で警鐘《けいしょう》は鳴っているのだが、その音はひどく遠い。気づかないうちに解放されていた両手も、浅倉を押し退《の》けることなく投げ出されたままだった。

「……感度がいい」

乳首を吸われる甘い疼《うず》きに酔っていた敦希は、太腿《ふともも》で股間を押されて目を開いた。そこはもうすっかり勃《た》ち上がってしまっている。

そして腰骨のあたりに押しつけられた浅倉のものもまた——。

浅倉もこの行為に興奮しているのだと知ると、敦希の心と身体は、ますます昂《たか》ぶっていった。

自分から浅倉の下肢《かし》に手を伸ばすと、小さく息を呑んだ浅倉は、やがてふっと笑って自分のジーンズの前をくつろげ、敦希の手を誘い入れた。大きさも感触も違う他人のものに直《じか》に触れて、敦希は戸惑《とまど》いの目を浅倉に向けた。

「同じように……やってみな」

敦希のスウェットの中に忍び込んできた浅倉の手が、快感を引き出すようにゆっくりと動き始

める。その心地よさに引き込まれそうになりながら、敦希もぎこちない手つきで愛撫をトレースした。

自慰しか知らない身体には、自分の手の動きと性器に与えられる刺激のズレが、ときにもどかしく、ときに思いも寄らない快感にもなった。

浅倉の性器を擦るだけで精一杯の敦希と違って、浅倉はもう一方の手と唇まで使って敦希を翻《ほん》弄《ろう》する。いつの間にか全裸にされて、気づいたときには浅倉の身体に、脚を大きく割り開かれていた。

尻肉を撫で回していた手が、狭間《はざま》を辿る。

「浅倉、待って……」

意図を察して、そこまでの心の準備ができていなかった敦希は、慌《あわ》てて浅倉の手を押さえつけようとした。

「だいじょうぶ。ちゃんとあるから」

なにが、と問う前に、ぬるりとした感触が窪《くぼ》みに滑った。

「……っあ、……や……」

逃げようにも前を握られたままで、わずかに腰を揺らしただけに終わる。

浅倉の指は潤滑剤《じゅんかつざい》を丹念に塗り込めながら、少しずつ中心に沈んできた。緊張に背筋が震え出す。

「そんなに固くなるなよ」

宥《なだ》めるように昂ぶりを刺激されても、それまでのようには身体が反応しなくなる。

「もしかして……こっちも未経験？」

敦希の様子を訝《いぶか》しんでか、浅倉は上体を起こそうとした。その肩を思わず引き寄せる。

「松原……？」

「いい……から…っ……」

たとえ浅倉が手慣れていたとしても、間違いなく敦希には大きな負担となる行為を、なぜ自分から望んだのか。

そのときの敦希は、ただ初めて触れた人肌を放したくなかっただけのような気がする。浅倉に対して、友人以上の感情があったわけではないはずだ。

「続けろ……よ……」

強張った身体でなにを言っているのだろうと、自分でも思った。

しばらく浅倉は敦希を見下ろしていたが、やがてずいぶんと優しいキスをした後で、抱き包むように身体を重ねてきた。

浅倉は唇や舌を使った繊細な愛撫で、長い時間をかけて未熟な身体を蕩《とろ》かし、敦希はほとんどダメージを受けることなく浅倉と身体を繋《つな》いだ。

浅倉にとっては、たまたま訪れた欲望を発散するのだけが目的のセックスに、そんな手間暇《てまひま》をかけるのは割に合わないことだっただろう。不慣れな敦希を相手に、それほどの快楽が得られたとも思えなかった。

きっと一度きりだと思っていたのに、次の週末、浅倉は当然のように誘いをかけてきた。驚く敦希に、「同じ部屋に相手がいるのに、わざわざ出かける必要もないだろう?」と。

その誘いを、敦希は断れなかった。断る理由もないと思った。

べつになにかを期待していたわけではない。敦希にしても、身体を繋げたからといって浅倉に対して特別の感情が生まれるような、年端《としは》もいかない少女のような感性は持ち合わせていなかった。

浅倉とのセックスは気持ちがよかったし、他の相手を探すのはむずかしいこともわかっていた。他人と肌を合わせる愉しみを覚えてしまえば、ひとりでするのは味気なくつまらなくなってしまう。

そう自分の気持ちを理由づけてはいたけれど、互いの肌に触れるたびに強くなっていくものがあった。

たとえ前の晩に抱き合って性欲は満たされているはずでも、ふたりで寮の部屋にいると、相手の動きを目で追ってしまう。視線が合ったりしようものなら、どちらからともなく近づいて、唇を求め誘う。

湯上がりの相手を、問答無用に押し倒したこともある。

それを単純な肉体的快楽ゆえのことと決めてしまうには、どうしようもないほどに胸が高鳴り、やみくもに相手を抱きしめずにはいられなくなり——。

しかしそれでも、その衝動がなんなのか、見極めることができずにいた。いや、性衝動というカバーを被せて、本質にはあえて目を向けずにいたのだろうか。

ふとしたきっかけで始まった関係だったが、驚いたことに十年近く続いた。浅倉が大学病院を辞めて渡米すると知るまで。

そのころの敦希は、すっかり身体だけの関係だということを忘れていた。

医学の道でライバルとしても切磋琢磨《せっさたくま》し、ベッドでは甘い時間も過ごす、いちばん近くにいる存在。もう、彼がいない日常など想像もつかず——。

つまり敦希は、浅倉に対し紛《まご》うかたなき恋をしていたのだ。

浅倉が強引に居着いてしまってから三日目の夜、これもまた押しきるように約束を取りつけられて、敦希は本條と会っていた。

今夜連れて行かれたのは、和食を出すというダイニングバーだった。

テーブルに置かれた黒塗りの盆の上には、ヒラメとハマチの刺身や焼きウニ、ナマコの酢の物の小鉢《こばち》が並んでいる。

敦希はそれらにほとんど手をつけないまま、冷酒だけを口にしていた。

浅倉が家で待っているかと思うと、落ち着かない。いや、べつに敦希の帰宅を待ちかまえているわけではないが。

「飲んでばかりいないで、箸を取ったらどうだ。鮮度が落ちる」

「本條さん、耳に入れたい話というのは……」

できればその話を聞いて早めに切り上げたかった。

そんな敦希の心中が見て取れたのか、少し鼻白んだ様子の本條だったが、杯を置いて肘をつき、わずかに顔を寄せる。

「浅倉が戻ってきたらしい」

その言葉に敦希は息を呑んで本條から視線を外した。

「……なんだ、意外と冷静だな。本当にもうケリがついたのか?」

揶揄うような言葉のわりに、本條はどこか安堵《あんど》しているようにも見える。

「……どこからその情報を？」

「サウスLAからだ。うちから移ったから、辞めたことも連絡してきたんだろう」

本当に辞めてしまったのか……。

ということは、少なくとも浅倉が国外へ行ってしまうことはもうないのだろうか。

敦希の鼓動が速くなる。

いや、だからといって自分のそばに居続けるなどとは思っていない。しかしあの日の、『そのために戻ってきた』という言葉の意味が気になった。

浅倉が、病院を辞めてまで日本に戻ってきた理由――。

「それで……次はどこに勤めるとかは――」

「俺も気になっていくつか問い合わせてみたんだが、わからない。三日前に帰国しているはずだが、誰も連絡を受けていないようだな」

「三日前……」

では、空港から真っ直ぐ敦希の元へやって来たというのか。

抑え込んでいた鼓動が、今度こそ走り出す。

――『そのために戻ってきたんだ』。

……そんなはずはない。なにを期待してる――？

「――敦希」

ふいに呼ばれて、敦希は慌てて顔を上げた。

いつから様子を窺《うかが》われていたのだろう。じっとこちらを見つめる怜悧《れいり》な目が、狼狽える敦希を映している。

「浅倉の消息を知ってるんじゃないのか？」

「……っ……」

「会ったのか……？」

問いつめられて、しらを切り通せなくなる。

「……浅倉、は……うちにいます……」

本條の目が一瞬瞠《みは》られ、敦希を見据《みす》える視線がいっそう強くなった。

「おまえに顔を見せに来たのか。つくづく無神経な奴だな。いや、それよりも……浅倉を迎え入れたおまえの神経もどうかしてないか？」

敦希は唇を嚙みしめた。

そんなことは言われるまでもない。敦希自身がいちばん混乱しているのだ。

「それで？　なにを言われた？」

本條の顔を見ることもできず、小さな声で答える。

「病院を手伝うから……居候《いそうろう》させてくれ、と……」

「それを許したのか？」

返事はしなかったが、本條は肯定の意だと受け取ったのだろう。

「ばかな奴だ」

吐き捨てるような言葉は、敦希に向けられたものだ。

「またあいつに都合のいいように利用されているんじゃないのか」

「…………」

きっと本條が言うとおりなのだろう。けれど敦希は浅倉に抗えなかった。

また傷つけられるかもしれない——そう思いながらも、諦めきれていなかった心は、現実の浅倉を目にして彼を拒《こば》めなかった。

忘れようと努《つと》めながら、その実ずっと会いたがっていた自分の本心を思い知ったのだ。

本條はため息をついて杯を干す。

「こんなことなら、病院を継ぐ前にむりやりにでも大学へ連れ戻すんだった」

飛躍した言葉に、敦希は思わず口を開く。

「それは別の話でしょう。それに俺は大学に戻る気はないと、もう何度も言っているはずです。

今の俺の居場所はあそこなんです」

「おまえに経営の才能はないと言っただろう？　義理や感傷で務まるものじゃない。実際患者だって減る一方だそうだし、けっきょく潰《つぶ》すことにしかならないんじゃないか？」

痛い言葉だったが、事実だけになにも言い返せない。

「……そうなるとしても、その前に逃げ出すわけにはいきません」

「浅倉が助けてくれるなんて、期待しないほうがいいぞ？」

「……本條さんこそ――」

思わず口にしてしまったのは、自分でもそうかもしれないと思っていることを指摘されたせいだろうか。

「……いつまでこんなこと続けるつもりですか？」

「なにを言い出すかと思ったら」

片頰で笑って、切り子ガラスの銚子《ちょうし》を自分の杯に傾《かたむ》けた。

「おまえが大学病院に戻るまで。そして、俺の気持ちを受け入れてくれるまで……だろう？」

じっと見返す眼差しを受け止めきれなくなって、敦希は視線を逸《そ》らした。

「でも……」

自分が本條を選ぶことはないだろう。

「なにを考えているか想像はつくが――」

敦希の杯にも冷酒が注がれた。糸を縒《よ》り合わせたような流れが、淡い照明にきらめく。

「おまえとあの男がどうにかなるよりは、ずっとあり得る話だと思うが？」


突然もうひとりの医師が登場した松原医院は、さしたる混乱もなく日常を送り始めた。

看護師の竹井は、敦希がしどろもどろになりながら紹介した浅倉を、ごく平然と受け入れた。ふたりとも初日から、もう何年も組んでいるような態度で診療を行い、見ていた敦希は呆気《あっけ》に取られてしまったほどだ。

浅倉がそんなふうに入り込んできたせいだろうか、患者たちも当たり前のように治療を受けた。敦希だけが浅倉の存在にいつまでも過敏になっている。診察室内でふと目が合ったときや、すれ違う瞬間に白衣の裾《すそ》が掠めたときさえ鼓動が乱れた。

少なくとも診察中は私情を締め出そう、医師同士としてだけ相手を見ようと、敦希は自分を叱《しっ》咤《た》した。

さすがに三年を救急外来でやってきただけのことはあり、浅倉はどんな症状の患者が現れても慌てることなく、みごとな手際で治療をこなしていく。もっとも以前の職場とは違って、命に関わるような急患はまずいなかったが。

それにしても、と敦希は思う。

パーテーションで仕切り、浅倉のためのデスクを運び込んだだけの急ごしらえのふたつの診療室は、窓側は通路を兼ねて繋がっている。ふつうに話す分には内容までは聞き取れないと思うのだが、ふだんより大きな浅倉の声は筒抜けになった。

診察内容が洩れることを気にする患者もいるかと思って、敦希は注意しようとしたのだが、全部が全部大声ではないことに気づく。足腰の痛みなどで湿布薬をもらいに定期的に訪れる老人や、擦り傷程度の外傷で治療に来た子供など、そういった患者に対して饒舌に話しかけているようだった。

ときには朗《ほが》らかな笑い声さえ響かせて、患者とのんびり話す浅倉など、大学病院時代には想像もできなかった。

事務的に患者に接し、視線は検査結果や患部ばかりを見つめている。病棟を走りながら回り、立ったまま文献に目を通す——多少の差はあっても、そんな慌ただしい傾向だった大学病院の中で、浅倉はその最たる者という印象があった。患者を診察治療するというよりも、医師としての知識と経験を蓄《たくわ》えていくために動いている——そんな感じだったのに。

救命救急センターは、大学病院時代よりもはるかに忙しく緊迫した職場だったはずだ。こんな診察方法が取れるはずもない。そもそものんきに話ができるような患者が相手ではない。

多忙から解放されて、緊急を要する患者相手ではないこともあり、気楽に診療しているのかとも思った。しかしリラックスして受け答えしている患者との話の内容を聞いていると、的確に情報は引き出している。

決して手を抜いているわけではなく、この場の医師としてふさわしい働きをしているのだ。

敦希はカルテ棚《だな》に向かい、浅倉が診療して書き込んだカルテを見た。詳細に所見が記入され、敦希が現状維持のままにしていたものに、新たな治療法や投薬が加えられているものもあった。

なによりも自己申告の症状が、かなり書き加えられているのに驚く。

これまでに敦希が聞き出せなかったものが、一回診療しただけの浅倉には知らされたのだ。

少なからずショックを受けて立ち尽くしていると、

「院長」

浅倉がパーテーションの向こうから顔を覗《のぞ》かせていた。

複雑な思いで見返した敦希に気づいたのか、

「どうかしたか?」

と訊いてくる。

「いや……おまえがこんなに丁寧《ていねい》な診察をするとは思ってなかっただけだ」

素直に感心しているとか、問診能力を認めているとは言えなくて、皮肉めいてしまう。

しかし浅倉はわずかに笑っただけだった。

「ここで求められているのはそういうもんだろう？　おまえのこれまでの治療や、カルテを見てそう思ったんだけど？　それより小宮《こみや》さんのおばあちゃん……これ、手術したほうがよくないか？」

カルテを差し出されるまでもなく、敦希も症状は記憶していた。

「うん……だけど――」

小宮セツは町内に住む七十六になる老女で、変形性膝関節症《へんけいせいしつかんせつしょう》による膝の痛みを訴えて通院している。今は関節内への注射の治療を行っていた。

根本的な治療法として人工関節の手術があるが、一人暮らしのため、入院を勧めるのが躊躇《ためら》われていた。完全看護の病院に入ったとしても、介護の手は必要になる。術後のリハビリもあるため、日常的な介護者は必須だった。

「息子夫婦が名古屋《なごや》にいるんだ。呼び寄せて世話してもらうわけにはいかない、って」

「少しの間のことじゃないか。それに症状が進んで歩けなくなったら、どうしたって介護の手は必要になる」

呆《あき》れたような口調になる浅倉の気持ちもわかるが、敦希はため息をつくことしかできない。

「最終的に治療法を決めるのは、患者本人だから」

セツと息子夫婦が別居したのは、息子の転勤によるものだが、いわゆる嫁姑《よめしゅうとめ》問題というものも絡んでいるらしい。生粋《きっすい》の下町育ちで歯に衣着せぬもの言いなだけでなく、たしかにきついところのあるセツと、帰国子女だという嫁の折り合いの悪さは、町内でも有名だった。

大学病院であれば自己申告以外は知ることのない患者の生活環境まで、耳に入ってくる。ここはそんな土地だった。

いっそのこと知らなければ、治療のことだけを考えて、手術も勧められただろう。敦希だって、痛みに苦しむセツをなんとかしてやりたいと思う。

けれど、家族の問題にまで立ち入ることはできなかった。

診療を続けるうちに、いずれ浅倉にもその辺りの事情が見えてくるだろう。そうすれば、浅倉の視点からの最良の治療法を提案してくれるかもしれない。

そう考えて、自分がいつの間にか浅倉がここにいる未来を想像していることに気づいた。

ばかなことを……そんなことあるはずがないじゃないか。

甘い夢を見るな。期待するな。いつ浅倉が目の前から去っても、それを当然だと思っていろ。

この恋が一方通行だということは、三年も前にわかったことなのだから——。

自分に言い聞かせ、恋心を押し込めるように胸の前で拳を握りしめた。

半月近く経つと、来院患者の数は、目に見えて持ち直してきた。

町内の住民だけでなく、川向こうに建つマンションからの来院も増えている。二年ほど前に建った若いファミリー向けのマンションで、もちろんこれまでにひとりも患者がなかったわけではないが、養父が亡くなったのが原因なのか、定着する前に足が途絶《とだ》えた様子だったのに。

米国ER帰りの医者が来たという噂《うわさ》は、予想以上に広まっているらしい。

もの珍しさだけで一時的なものかと思ったが、実際近所の慢性疾患《まんせいしっかん》を患《わずら》う老人たちは、二度三度と足を運んでいる。そして彼らの口コミが、なかなか侮《あなど》れないものなのだった。

「あんな男前に診てもらえるなら、毎日だって通っちまうよ」

どこか浮かれた様子の、角の酒屋の隠居が、待合室から声を張り上げる。

「ミワさん、先生はあんたんとこの孫より歳下だよ」

「関係ないだろう。そりゃ見栄《みば》えがいいのはもちろんだけど、ちゃんとあたしらの話を聞いてくれるのが嬉しいじゃないか」

称賛の声はなおも続き、窓口でパートの事務員が苦笑しながら呼ぶのも、耳に入らないようだ。

敦希とふたりでいるときの浅倉は、以前とさほど雰囲気が変わったようには見えない。取り立てて饒舌なわけではなく、必要な話を目を合わせて話す。

いずれにしても、初めのころに浅倉自身が言ったとおり、地元の開業医として求められるタイプであろうとしているらしい。そしてそれはみごとに成功している。

さらに診断に関しては、文句のつけようもない。最先端で働いてきた医師の実力を窺わせる。敦希も医療の中心現場から遠くなったからこそ、勉強や新しい情報を得る時間は惜《お》しまずにいたつもりだったが、実際にさまざまな症例を診てきた浅倉には教えられることも多い。

アメリカでの三年が、浅倉にここまでの自信と実力をつけたのだと、久しぶりに一緒に働いてみて、しみじみと感じた。

決定的に差がついてしまった能力が、敦希を卑屈《ひくつ》な気持ちにさせる。今の敦希にできることは、浅倉が集めた患者を手放さないように、せいぜい愛想のよさくらいは学ぶことなのだろう。

自分が口べたで無愛想なのは自覚している。本條にも経営の才能はないと言われた。

この病院を潰すわけにはいかないと思うけれど、こうして浅倉との差を見せつけられると、その気力も萎えてしまいそうだった。

「だからこのヘルニアは、手術のほうがいいんだって」

診療時間が過ぎて、竹井も帰宅した診察室で、浅倉は一枚のカルテを手に、敦希の座るデスクに身を乗り出していた。

最新の知識に彩《いろど》られている浅倉の診断は正しい。けれど敦希は首を振った。

「手術をするつもりがあれば、患者はうちへなんか来ないで、最初からもっと大きい設備の整った病院へ行く」

あるいは紹介状を希望するか。

セツのように介護の手が足りなかったり、働き頭《がしら》で長期の休みが取れなかったりと、さまざまな理由を抱えているから、通院や投薬でなんとか乗りきろうとしている。

それが根本的な治療にならない場合もあることを、敦希だってわかっていた。けれど治療に専念できる患者ばかりではないことも、彼らと近い場所で生活しているからこそ肌で感じるのだ。親しげに言葉を交わし、病状を読み取ることはできても、基本的に浅倉は外科医の性《さが》なのだろう。最短で即有効な治療を目指そうとする。

それがだめだとは言わない。むしろ、完治《かんち》がむずかしかったり、病状の進行を止められなかったりする治療を続ける敦希のほうが間違っているのかもしれない。

浅倉は軽くため息をつき、伸びかけた髪を掻き上げる。

「それだけ患者のことがわかってて考えてるなら、なんでもっと口にしてやらないんだよ？　黙ってちゃ伝わらない」

責めるふうではなく呆れたように見下ろされて、敦希は俯いた。

養父のように患者に慕われないのはしかたがない。敦希にはまだまだあれほどの実力もキャリアも備わっていない。

けれど同時期にスタートラインに立ったはずの浅倉との間にまで、臨床医としての差が開いてしまったことを、情けなく思う。しかもここでは敦希のほうがずっと長いのに、その三年近くの間に敦希が手に入れることができなかった患者の心を、浅倉は瞬《また》く間に摑《つか》んでしまった。

向いていないのかもしれない。

ふとそんな弱気が胸を過《よ》ぎる。

自分のようなタイプは、研究に進むか、大学病院で専門医として自分のパートにだけ携わっていればよかったのかもしれなかった。

そういえば敦希が大学病院を辞めてここに勤めると決めたとき、養父はさほど歓迎する様子もなかったと思い出す。そのために迎えた養子が跡を継ぐために戻ってくれれば、長期計画の実現が近づいたことになるはずなのに。

もしかしたら養父はあのころすでに、敦希がここの医者に向かないことに気づいていたのだろうか。今となっては訊きようもないことだが、養父にさえ期待されていなかったのだとしたら、つらい。

いっそのこと松原医院を閉めてしまおうか——そんな結論に向かってしまいそうにさえなる。

「まあいい。そろそろ上に行ってメシにしよう。腹が減った」

これ以上その話を続ける気はなくなったのか、浅倉は敦希の肩を叩《たた》くと、先に自宅への階段のほうへ向かった。

その後ろ姿を見送って、敦希はひとりため息をつく。

また……夜が来る——。

浅倉と過ごす余暇は、思いのほかに長い。

大学病院時代は下っ端《ぱ》だったこともあって、とにかく一日のほとんどは病院内を走り回っていて、顔を合わせても会話する暇もないほどだった。しかも同じ医局に所属する同輩同士、オフの時間が重なることはめったにない。

ふたりとも職員寮に居を移していたが、会おうと思って互いの部屋を訪れても、三回に二回は留守だった。

そんな時代を思い返すと、診療時間を過ぎれば翌日の朝まで同じ場所にいるのは信じられないことだ。

ましてや敦希は浅倉に対し変わらぬ想いを抱き続けているわけで、それを押し隠して当たり障《さわ》りのない生活を送るのは、なかなかに精神力を要するものだった。ともすれば、浅倉の姿を目で追ってしまう。

厄介《やっかい》になっているという自覚があるのか、食事の支度《したく》を始め家事のほとんどは浅倉が請け負《う》っている。朝、目を覚ましてリビングへ行けば、ベランダで洗濯物《せんたくもの》を干している後ろ姿があったり、みそ汁《しる》の味見をしている横顔に出会ったり——そういった穏《おだ》やかなことこの上ない日常が自分たちの間で流れていることに、胸が温かくなるような嬉しさを覚え、同時にそれは仮初《かりそ》めの日常であり、敦希が望むような関係に基づいたものではないことを、自分に再度言い聞かせなければならなかった。

こんなんじゃ、休養時間どころか逆に疲れるばかりだ。

もしかしたらと望みをかけてしまうのは、浅倉が発した言葉のせいだ。

『そのために戻ってきた』

好きな相手に再会してそんなふうに言われたら、どうしたって期待してしまう。

そんな意識で浅倉の行動を見ていれば、真摯《しんし》に取り組んでいる診察も日常の家事も、敦希との生活のためだと思えてくる。

いっそあの言葉の意味を直接問いただせば、こんな期待と不安からは解放されるのだろうが、敦希にとって恋しい浅倉との時間は、苦しくありながらも貴重で、自分からそれを崩すようなことはできなかった。

今夜の夕食は、浅倉の手による水炊《みずた》きだった。出汁《だし》の濃い鍋《なべ》はつい食も進んで、満腹感が眠気を誘う。向き合って食事をするせいか、浅倉がやたらと勧めてくるせいか、最近の敦希の食事量はずいぶんと増えた。

キッチンで洗い物をする広い背中を眺《なが》めながら、誰かがたてる生活音を聞くのは、ずいぶん久しぶりのことだと思う。

敦希はクッションを抱えて、ソファにごろりと横になった。

浅倉がここにいる——それだけのことが、涙が出るほど嬉しい。そして彼の心が自分にないことが、同じくらいつらかった。

水音が消えて、ケトルを火にかける音がした。目を閉じていても、コーヒー豆の香りが漂《ただよ》ってくる。緊張に支配された日々の中、つかの間の休息時間を見つけて、敦希はふとまどろんだ。

ふいに意識が戻ったのは、横たわったソファの肩先が沈んだからだった。薄目を開いた敦希は、逆光になった人影が覆い被さってくるのに目を凝《こ》らした。

「……あさ、くら……?」

水仕事の後でひやりとした指が、頬に触れる。瞬時に覚醒《かくせい》し、その手を払うようにしてソファの上で跳ね起きた。

「…………」

互いに目を瞠って見つめ合う。心臓が早鐘《はやがね》のように打ちつけた。

なんの……つもりだ……？

まさかこうして一緒に生活しているから、身体の関係までが当たり前のように復活できると、浅倉は考えているのだろうか。

……冗談じゃない……！

三年の空白と、その間に敦希が味わった絶望は、決して消えるものではない。なにも訴えないからといって、気にしていないと思っているなら大間違いだ。

一気に血が冷えていくようなおぞましさに、唇が震えた。

俺は……おまえが好きなのに……──。

「敦希、俺は──」

浅倉の言葉を遮るようにして、ソファから立ち上がった。

「敦希──！」

「……用事を思い出した」

今はなにも話せない。浅倉の顔も見られない。

敦希の心情など知るよしもない浅倉の所業に、惨《みじ》めにもすべてぶちまけて詰《なじ》ってしまいそうだった。

「ちょっと……出かけてくる」

敦希は振り返らずにリビングを後にした。


「おまえが夜出歩いているなんて、めずらしいな」

車に乗り込んだ敦希に、運転席に座った本條は揶揄うように笑った。

敦希は言い返す気力もなく、暖かい車内の空気に吐息をつく。

とにかく浅倉の前から逃げたくて家を飛び出したものの、どこへも行く当てなどなかった。北風が吹き抜ける夜道を歩きながら、どうしたものかと思案していると、本條から電話がかかってきた。以前話した症例について、有効な治療法が掲載された論文を見つけたから、届けてくれると言う。

家に行かれては、浅倉と鉢合わせしてしまう。本條の口から浅倉に敦希の本心を洩らされるようなことは避けたくて、慌てて外にいることを伝えると、すでに近くまで来ていたらしい本條は車を回してくれた。

「これ。付箋《ふせん》がついてるから」

車の中で差し出された雑誌を受け取り、敦希は俯いたまま呟いた。

「わざわざありがとうございます……」

「いや。それで……送っていけばいいのか？　それとも、どこかへ寄る時間はあるのかな？」

家へは戻りたくない。現実問題として戻らないわけにはいかないが、まだ帰りたくなかった。せめて浅倉が眠る時間まで。

かといって、本條と一緒にいていいとも思えなかった。

「適当なところで降ろしてください」

「浅倉となにかあったのか？」

率直すぎる問いかけに、とっさに否定の返事ができなかった。それだけで本條には充分だっただろう。

「おまえを降ろしたら、その足で浅倉のところへ行くが？」

「本條さん……」

困惑の目で見つめても、本條は実行しそうだった。

しかたなく敦希は本條と共に二時間余りをカフェで過ごし、深夜を回ったころに自宅前まで送り届けてもらった。

医院の玄関口の灯《あか》りを目にすると、躊躇いが緊張に取って代わる。

頬に先ほどの浅倉の手の感触が蘇り、心が揺れる。

未だに浅倉を愛している敦希だからこそ、浅倉が去った後に今以上に苦しむような関わりは持ちたくない。たとえその手を、どれほど懐《なつ》かしく思っても――。

自分から浅倉を追い出す勇気がないなら、迫ってくる彼を躱《かわ》すしかない。そんな戯《たわむ》れはもう飽《あ》きたのだと――、おまえとは寝ないのだ、と。あくまでもさりげなく、関心の薄い態度で。

その結果浅倉が他の相手を探しに行こうと、……出て行こうと、敦希にできるのはそこまでだった。いっそそうなれば、敦希がどう思われているかもはっきりするというものだ。

遠ざかっていくテールランプを見送って踵を返したところで、敦希は目を瞠った。

一階が病院、二階が自宅に分かれている松原医院は、院内の階段から自宅へ行くことも可能だが、外からの出入りには、外壁に沿って伸びる外階段を上がり、自宅玄関を使う。

その階段の途中に、浅倉の姿があった。

……まだ寝てなかったのか。しかもこんな寒空に――。

夜の闇の中、浅倉の表情はよくわからない。

先刻の動揺は押し隠し、毅然《きぜん》と振る舞おうと思ってはいたけれど、いきなりこんな場所で出会《でくわ》して焦る。

「……まだ起きてたのか？」

なんとか平静を装って声をかけるが、浅倉は無言で階段を上っていった。裸足《はだし》につっかけたサンダルが、コンクリートの階段にペタペタと音を響かせる。

拒絶されたような気がして臆するが、家に入らないわけにもいかない。敦希を待たずに閉じてしまった玄関のドアを目指して、重い足取りで階段を上がっていった。

ノブを回すと、引くよりも早くドアが開き、敦希は息を呑んだ。

「……っ！」

冷たい手に腕を摑まれ、玄関に引きずり込まれる。音高く閉まったドアに、続いて背中を押しつけられた。

「浅倉、なにを――」

「違う匂《にお》いがする……」

顔を寄せられて呟かれ、敦希はわずかに身動《みじろ》ぐ。

本條のトワレの香りが移っているのだろうか。

手荒く顎を摑まれ、痛みに思わず呻《うめ》いた。しかしその力は緩《ゆる》まない。

「あいつが好きなのか？」

「……っ……」

ドアと自分の身体で敦希を挟むようにしながら、浅倉は見下ろしてくる。その目が昏《くら》い光を放っていて、敦希はわけもなく脅《おび》えた。

「どうなんだよ?」

じり、と浅倉が一歩踏み出し、身体が密着する。衣服越しにも浅倉の身体はずいぶん冷えていて、そのせいでぞくりとするのかどうかわからなくなる。

しかしただの旧友として振る舞わなければならない。それが敦希の最後の砦《とりで》だった。

過去の関係に甘えて調子に乗ろうとした友人を、今はもうそんな気はないのだと冷やかに拒めばいい。

「……関係ないだろう?」

「なに?」

腹の底から響くような低い声に怯《ひる》みそうになって、敦希は無理に顎を反らした。

「うるさいな。俺が誰となにをしようと、いちいち報告する義務があるのか?」

睨み返すと、浅倉はさらに眉間《みけん》のしわを深くした。

「……へえ、そうか」

顎を離れた冷たい指先に頬をなぞられるが、それ以上に冷えた声音と無理に形作った口元だけの笑みに、敦希は身震いする。

「俺なんかもう、お呼びじゃないってことだな」

自虐的《じぎゃくてき》なもの言いだったが、むしろ傷つけられたのは敦希のほうだ。

切り捨てたのは、おまえじゃないか……。

自分のしたことにはなにも感じず、敦希の態度だけを責めるのか。

なにも知らないくせに……。

いや、最初から敦希の気持ちに関心がないから、知ろうともしないのだろう。

浅倉をどれほど想っているか。去られてどれだけ傷ついたか。

けれど敦希の心はわからなくても、浅倉を拒絶して本條に抱かれていると思い込ませたことで、浅倉のプライドは傷ついた様子だった。これでもう、敦希に対するわずかな関心——それは身体だけだったかもしれないが——さえも消え去っただろう。

もう……これでいい……。

自分から浅倉を思いきることができないなら、嘘でもなんでも信じ込ませて、敦希に愛想を尽かさせればいい。

「本條さんに口をきいてもらえば、大学に戻ることも可能だからな……」

思ってもいない出任せを口にして、無理に笑う。

浅倉は先ほどよりもよほど驚いた様子で目を瞠り、口元を歪めて唸《うな》った。

「ここはどうするんだ？　親父さんが残した病院だろう。患者は？」

摑まれた肩が痛い。

「患者とべったりした関係になるのは、俺には向いてない。潰れる前に閉めるほうが、まだ格好がつくと思わないか？」

「敦希！」

揺さぶられて視界がぶれる。

なにをそんなに必死な顔をしているんだろう。どうせ一時立ち寄っただけの病院のことなのに。

「痛いよ、バカ力……」

「本気で言ってるのか？」

しょせん他人事なのだから、もう敦希のことは全部放っておけばいいのに。敦希の心中も知らず勝手に正論を振りかざす浅倉が憎らしくなって、ふいに意地の悪い言葉が口をついて出た。

「だったら……おまえが続けるか？　そっくり任せてもいい」

呆然《ぼうぜん》と見つめてくる浅倉が、たまらなくおかしかった。

できるわけがない。わざわざ渡米までして身につけた医師としての技能がむだになる。

「おまえだってこんなちっぽけな町医者より、大きなところで活躍したいだろ？」

肩に置かれたままの手を振り解き、敦希は靴を脱いで廊下を進んだ。

「敦希、待て！」

リビングまで追ってきた浅倉に、腕を摑まれ振り向かされる。

「冗談でも言っていいことと悪いことがある。病院を閉めるなんて……、患者を見捨てるなんて、本当は思ってないだろう?」

「勝手に人の気持ちを推し量るな。俺なんか必要とされてない。この病院がなくなっても、いくらだって代わりが見つかる」

浅倉の前で、無力な自分を認めるのはつらかった。敦希にもまだ医師としてのプライドは残っていたらしい。

しかし、悔しいけれど事実は事実だ。

「敦希……」

浅倉の視線から逃れるように項垂《うなだ》れる。

「……半月見ててわかっただろう? 俺は患者の信頼を得ていない。来たばかりのおまえのほうが……どれだけ慕われてるか……」

努力してきたつもりだった。少なくとも患者にとって誠実な医師であろうとした。

けれど……伝わらなかった……——。

誰にも必要とされない切なさ、寂《さび》しさ。患者にも、好きな相手にも——。

なにがいけないのかわからない。わかっても、自分にそれが克服できるのかどうか自信がない。

「本当にそう思ってるなら……おまえの目は節穴だ」

浅倉の手が離れ、ふいに襲われた心許なさに、敦希は思わず目を上げた。

「だいたいたかだか三年くらいで、患者の信頼を得ようとするのが思い上がりだ。患者と医者なんてもんは、病気を通して一生かけて関係を築いていくんじゃないのか？」

その言葉は正しいのかもしれないが、その三年間にまるで反応が得られなかった自分には、これ以上続けてもむだに思える。

浅倉はテーブルの上から煙草を拾い上げ、一本口に咥《くわ》える。これまで家の中で喫煙している様子はなかったが、今、灰皿には数本の吸い殻《がら》が残っていた。

昔、精神安定剤だと言っていたことを思い出していると、ふと灰皿の横に置かれた封筒に目が留まった。

京阪《けいはん》メディカル……？

京阪メディカルセンターは、その名のとおり京阪地区にある有名な大病院だ。そういえば、近々長崎《ながさき》に救命救急専門の施設を設立するはずだったと思い出す。

……浅倉は……そこに――？

こめかみの脈が急に忙《せわ》しなくなり、頭痛のように鳴り響いた。

三年前、浅倉がロスへと発ったときの、日常が音もなく崩れていったような喪失感が蘇る。

やっぱりまたおまえは……――。

立ち尽くしたまま、食い入るように封筒を見据える敦希を、横を向いて煙を吐き出した浅倉は、まだ長い吸い差しを灰皿にねじ込んで振り返った。

「敦希、もう一度よく思い出してみろ。ここに来る患者たちは――」

またおまえは俺を置いていく――。

「もうたくさんだっ！」

浅倉の言葉を遮って叫ぶ。

「敦希……？」

驚いて手を伸ばしてくる浅倉から、逃れるように退いた。

浅倉は目を瞠り、敦希を凝視している。

どんなに親身なふりをしたって、正論を振りかざしたって、けっきょくおまえは俺を捨てて、ここを出て行くんじゃないか――。

わかっていたことだ。浅倉の心が捕まえられない敦希には、共にある未来などあり得ないのだと。だからなにも期待するなと、何度も自分に言い聞かせてきたのに。

ふらりと現れて今はそばにいても、それにはなんの意味もないのだ。その証拠が三年前の渡米だと、地の底のような絶望の中で、嫌というほど思い知ったはずなのに。

それなのにどうして、再びこんなに別れがつらいのか。

敦希の気持ちに気づかない浅倉と、浅倉を繋ぎとめるすべを持たない自分を呪《のろ》いたくなる。

どうして俺たちは、一緒にいられない……──。

出会わなければよかった。浅倉に恋などしなければ……。

思い出の日々が、その肌の記憶が、これほどの執着と苦しみを生むと知っていれば、この男を好きになどならなかったのに──。

込み上げてくるものを堪えようとして、目の奥が痛くなる。震える唇を噛みしめていないと、自分がなにを口走るかわからなかった。

「……敦希。おまえ──」

もう名前を呼ぶ声を聞きたくなくて、敦希は身を翻してリビングを飛び出した。


「んー、薬はもういいんじゃないかな。喉《のど》の赤みも取れてるし」

「でもね先生、まだ痛むんだよ」

「はいはい、じゃトローチ出しとくから。寒いんだからふらふら出歩いてないで、家であったかくしてるのがいちばんなの。はい、お大事に」

隣から聞こえてくる浅倉《あさくら》と患者の会話に、敦希《あつき》は今日何度目かもわからないため息をついた。

五日前にあんなことがあったというのに、日常は変わらず続いている。少なくとも診療中の浅倉の態度には、なんの変化も見られなかった。京阪《けいはん》メディカルへ移る支度《したく》をしている様子もない。

夜はわからない。敦希のほうが一緒にいることを避けて、部屋に閉じこもったり出歩いたりしているから。

「院長先生」

竹井《たけい》に声をかけられて、敦希は字面を追っていただけの医学書から、慌《あわ》てて目を上げた。

「あ、ああ。なに？」

困った子供を見るような眼差《まなざ》しで、深いため息を洩《も》らす。

「今日の患者さんは終了です。ちょっとお話ししたいんですけど」

「……わかった」

看護師用の控《ひか》え室に導《みちび》かれた敦希は、テーブルの向こうで振り返った竹井の咎《とが》めるような視線に、思わず俯《うつむ》いた。

「どうぞ、座ってください」

「……はい」

こうなってくると、叱《しか》られるのを待つ子供のような気分になってしまって、敦希は肩を狭《せば》めながら椅子《いす》に腰を下ろした。

「いったいどうしました？　なにか困ったことでも起こりましたか？」

「いや、べつに――」

「敦希さん」

ぴしりと名を呼ばれ、しぶしぶと上目《うわめ》づかいで竹井を見る。

「気にされたくなかったら、隠すことくらいできないと。せめて浅倉先生くらいには」

「え……」

竹井には、浅倉の様子にまで変化が感じられたのだろうか。

「ケンカなんだかなんなんだか、おふたりの間のことなんでしょうから、詮索《せんさく》はしませんけどね。そんな態度で患者さんの前に出られては困ります」

「……はい。すみません……」

母親代わりでもあったと認めてはいたけれど、これほど見抜かれているとは思わなかった。こんなふうに出られては、まるで頭が上がらない。

「もう子供扱いはやめようと思ってましたけど、ついでだからはっきり言わせてもらいます」

「は、はい……どうぞ」

ずいぶんとしわ深くなった顔が、じっと敦希を見つめる。

「もともと敦希さんは口数が多いほうじゃありませんでしたけど、それでも患者さんひとりひとりのことを考えて、一生懸命治療されてましたよね。でも今はその熱意が感じられません」

「………」

「どこか投げやりになっているのが浅倉先生に関係してるなら、きちんと話し合われたらどうですか？　おふたりが助け合っていけば、きっとすばらしい病院になるのに……」

わかってくれていた……？

これまでの敦希自身についてだけでなく、どんなことを考えて敦希なりに努力していたか——それをちゃんとそばで見守ってくれている人もいたのだ。

そして昨今の敦希の変化まで見抜き、その理由が浅倉に関係していると推測するほどに、竹井は敦希を気にしてくれていた。

独りではないのだと嬉しく思うと同時に、それほど親身になってくれている竹井を失望させてしまったことを、申しわけなく思う。

「ごめん……竹井さん」

「謝るのは私にではなくて患者さんにでしょう？」

口調《くちょう》はきびしいが、その目は優しく敦希を見ていた。

「努力の結果がいつ表れるかは、誰にもわかりません。でもまったく見えなかったわけではないでしょう？　敦希さんを慕《した》って診《み》てもらいに来ていた患者さんだって、いたじゃありませんか」

決まった曜日に訪れる、リウマチを患《わずら》った元大工の棟梁《とうりょう》や、孫娘が熱を出すと、背負って駆《か》け込んでくる乾物屋《かんぶつや》の主人。

近いからという理由だけでは、病院は選ばれない。

「……そうだね」

養父もきっと、何年もかかって彼らの信頼を得てきたのだ。病院を継いだからといって、養父個人が得た信頼まで引き継げるわけではない。

『患者と医者なんてもんは、病気を通して一生かけて関係を築いていくんじゃないのか？』

ふと、浅倉の言葉を思い出す。

あのときは正論ばかりを振りかざすと思ったけれど、医者が正論を支持しなくてどうするのだろう。

敦希は敦希なりの誠意と努力で診療を続け、新しい信頼を勝ち取るしかないのだ。

「ありがとう、竹井さん。俺、焦《あせ》ってた」

竹井は頷《うなず》くと、時計を見上げた。

「晩ご飯でも食べながら、浅倉先生とも話をしたらどうです？　もう何度もちらちらと敦希さんのことを見てましたよ」

浅倉が――？

敦希のことをそんなに気にするとは思えないが、もしかしたら再就職がはっきり決まったのかもしれない。

京阪メディカルからの手紙が、どこまで話が進んでのことかはわからないが、敦希が避けていた数日間に、充分進展する時間はあっただろうから。

胸の痛みを堪《こら》えて深く静かに息をつく。

少しはましな気持ちで、浅倉を送り出すことができるだろうか。自分を必要としてくれる誰かが、たしかにいるのだと気づいた今ならば。

竹井が帰るのを見送って二階に戻った敦希だったが、浅倉の姿はなかった。

リビングのテーブルに、右上がりの文字で『出かけてくる。夕食は各自で』とだけの短いメモが残されていた。

新しい職場との打ち合わせが、いよいよ始まったのだろうか。

「なんだ……」

出鼻をくじかれたような、どこか寂《さび》しいような気分で、敦希はソファに腰を下ろした。

浅倉を避けるために毎晩のように出歩いて寝不足が続いていたせいか、そのまま寝入ってしまったらしい。外来を告げるチャイムの音に、敦希は目を覚ました。

忙しく鳴り響くチャイムに階段を駆け下りながら、腕時計に目をやると深夜を回っている。浅倉はまだ帰っていないようだ。

白衣を羽織《はお》って病院玄関のドアを開けると、若い男がふたり、もつれるように重なってなだれ込んできた。

「どうしました？」

どうやら歩けない状態らしいひとりを慌てて支えた敦希は、どちらもかなりアルコール臭いことに眉《まゆ》をひそめた。急性アルコール中毒の可能性が、まず頭を過《よ》ぎる。

次に衣服が異常に濡《ぬ》れていることに気づいた。

「これは……」

左の上腕に相当大きな裂傷《れっしょう》があり、そこから出血しているらしい。くぐもった呻《うめ》きが聞こえた。

意識はあるのか。

「早く連れてけ！」

負傷者を抱きかかえている男が、ギラギラと血走った目で敦希を睨《にら》みつける。

「手伝ってください。こっちです」

男を促《うなが》して、大柄な負傷者を診察室に引きずっていった。

診療台に寝かせた負傷者の上半身の衣服を、ハサミで裂《さ》きながら取り去る。傷は左上腕の外側に、八センチほどの裂傷だった。まだ出血は止まっていない。

「何時ごろ、なにでやったんです?」

肩口から止血をし、傷口を食塩水で洗う。

おそらくはナイフでの刺し傷。動脈は切れていないようだが、抜くときに暴れたのか、患部が抉《えぐ》れるように広がってしまっている。

「……ナイフで……刺されて……」

しぶしぶといった様子で答える男にちらりと目をやり、患者のほうに声をかけた。

「指は動かせますか? やってみて」

ピクピクと動く指を見て、神経の損傷はなさそうだと安堵《あんど》する。

敦希は身を起こし、デスクに向かった。

「おいっ、早く——」

「傷害事件になる。警察に通報するから」

「なんだとっ？」

男は敦希が手にした受話器を払い落とした。

「なにを――」

すかさずナイフを突きつけられ、敦希は息を呑《の》む。

まさか……こいつが……？

仲間内のケンカで刃物が出て、脅《おど》すつもりが勢い余って傷つけてしまったのか。

「いずれにしてもこんなにアルコールを摂取してたら、麻酔もかけられない。暴れられて、治療どころじゃない」

呻き声を上げた患者を、男が振り返る。

「……あんたがやったのか？」

「違う！」

「じゃあ、べつに警察に言ったところで問題はないだろう。むしろ、通報したほうが加害者を――」

「だめだっ！」

なにを畏《おそ》れているのか。飲酒が認められない未成年なのだろうか。

そこまで考えて、敦希はふと思い当たった。

「動くなっ！」

治療をさせなければという意識があるせいか、男の脅しは今ひとつ弱い。敦希はかまわず診療台に近づいた。

先ほどは傷にばかり注意が行っていたが、右腕を詳細に見ると、肘《ひじ》の内側にいくつかの注射痕《こん》が見つかった。

「……なるほど。ますます通報しないわけにはいかないな」

「いいから早く治せって言ってんだろっ！」

半《なか》ばパニックに陥《おちい》っている男は必死の形相《ぎょうそう》で、ナイフを握ったまま敦希の胸ぐらを掴《つか》む。

本人はなんのけがもないのだ。いっそこのまま捨て置いて、自分は逃げることもできるだろうに、それをしないで治療を迫るのは、仲間を思ってのことか。それとも、患者が警察の手に渡れば、いずれ自分も捕まるのを畏れてのことか。

睨み合いが続き、患者の荒い呼吸と呻きだけが響く中に、玄関のドアが開閉する音が聞こえた。

敦希と男は同時に診察室の入り口を見る。

「敦希？」

スリッパを履《は》いていないらしく、リノリウムの廊下からは、衣擦れの音しか聞こえない。

浅倉だ——。

呼びかけとほぼ同時に、浅倉の長身が姿を現した。診察室の中の光景に目を瞠《みは》っている。

「動くな！」

男は背後から敦希の首に腕を回し、喉元にナイフを近づける。

浅倉は立ち止まり、注意深く敦希たちと診療台の上で呻いている男を見比べた。

「……傷の手当を急いだほうがいいんじゃないか？」

「浅倉、だめだ！」

「おまえは黙れ！　……あんたは、医者か？」

「そうだよ」

あっさりと答えて、両手を上げながら診療台に近づいてくる。

通報を怠《おこた》って治療だけするような真似《まね》を、浅倉にさせるわけにはいかない。敦希はなんとか止めさせようと叫《さけ》んだ。

「麻酔が使えない！　ここじゃ縫合《ほうごう》は無理だ！」

「黙れって言ってんだろ！」

ナイフの腹が顎《あご》に当たる。

「おい」

診療台を挟《はさ》んで、浅倉は敦希の背後の男を睨みつけた。切れ長の目が剣呑《けんのん》な光を放つ。

「間違っても傷なんかつけんなよ。皮一枚でも裂いたら、こいつの傷口抉ってやるからな。敦希、おまえもけがしたくなかったら、少しおとなしくしてろ」

凄《すご》みをきかせた低音で、男だけでなく敦希までをも脅し、浅倉は患部を確かめる。出血は止まってきているらしい。

「酒はどのくらい飲んだ？」

心音と脈拍を確認し、血圧計のベルトを巻こうとしたところで、動きが止まる。注射の痕《あと》に気がついたのだろう。

「……クスリは？　最後にいつやった？」

顔を上げた浅倉の表情は険《けわ》しかった。敦希の背後に密着する男が、ゴクリと唾《つば》を飲み込む音が耳元で聞こえる。

「答えろ。傷がどうこうじゃない。命に関わることだ」

浅倉の迫力に飲まれたように、男はぶるりと震えた。

「……九時、ごろ……」

浅倉は男の返事に舌打ちし、踵《きびす》を返して手を洗いに行った。

幸か不幸か、患者の意識はしっかりしている。あの傷口を麻酔なしで処置する間、おとなしくしていることができるだろうか。

しかもアルコールと薬物を摂取している。途中でどんな反応を起こすかわからない。

グローブを嵌《は》めた浅倉が、ライトを調整して縫合器具をワゴンに並べた。

「……浅倉、俺がやる」

ゆっくりと視線が巡《めぐ》って、敦希を捉《とら》えた。

浅倉を危険な目に遭《あ》わせたくない。

しかし浅倉は小さく首を振った。

「血管も何本か繋《つな》がなきゃならない。俺のほうが速い」

「じゃあ、手伝わせろ！」

「うるせえな。すぐ終わるって。おい、あんた」

敦希の訴えはあっさりと退《しりぞ》けられ、浅倉は患者へと呼びかける。脂汗《あぶらあせ》を流して薄目を開いた患者に、ひと言ずつ噛《か》んで含めるように言い聞かせた。

「いいか？　縫合を始めるが、痛みは今より確実に強くなる。傷口に鉗子《かんし》やら針やら突っ込むからな。叫ぶのはけっこうだけど、暴れるな。早く終わらせてほしかったら、我慢してろ。じゃなきゃ気絶できるように祈ってるんだな」

それを聞いて、敦希を拘束している男が固唾《かたず》を呑む。

「浅倉、手足を固定したほうが――」

「容体が急変したときに対応できない。もう始めるから、黙ってろ」

せめてもの助言も跳《は》ね返され、敦希はただ見守ることしかできなくなった。

「……うあああっ！」

処置を始めてすぐに、患者は身体を反《そ》らせて叫んだ。

「動くなっ！　手元が狂う」

「くう…っ、痛え、痛えよー！　ちくしょう！」

「言葉がしゃべれるなら、まだましだ」

叫び声と、ときおりそれを叱りつける声と、器具の冷たく響く音。

浅倉が必死で治療しているのを、なぜ自分は目の前でただ見ているのだろうと、唇を嚙みしめる。手助けのひとつもできず――。

「うああーっ……――」

身体を突っ張らせて叫び、そのまま患者はがくりと意識を失った。

「タケシ！」

敦希の背後で、慌てた声が身を乗りだす。その一瞬の隙《すき》に、敦希はナイフを持った腕を、両手で取り押さえた。指先の神経に通じる場所をきつく圧迫し、ナイフを落とさせる。

「この……やろう…っ」

摑みかかろうとしてきた男の両腕を拘束し、背中へと捻《ねじ》り上げる。

敦希と男の揉《も》み合いの間、手を止めていつでも飛び出せるように身構えていたらしい浅倉が、ほっとしたように息をついて処置を再開した。

「そのお医者さん、合気道の段持ちだからな。抵抗しないほうがいいぞ」

男に向けて言った後で、

「おまえもむちゃをするな。万一のことがあったらどうするつもりだったんだ」

敦希を叱責《しっせき》する。

声音《こわね》は平静だが、内心敦希の行動が不満らしく、手の動きが荒かった。

「おまえの手間を増やすようなことはしない」

敦希は言い返して、すぐには動けない程度のダメージを与えてから男を解放し、床に落ちたナイフを拾う。

診療台の反対側から覗《のぞ》き込むと、縫合はあと数針を残すだけだった。

「敦希」

低い声で呼ばれて目を上げると、浅倉の視線がデスクに注《そそ》がれていた。通報しろということなのだろう。

頷いて身を起こし、まだ肩の痛みに呻いてしゃがみ込んでいる男を確認してから、そっと受付ブースに移動した。

警察署に電話をし、負傷の手当をしたことと、負傷者と付き添いが薬物を摂取しているらしいことを、声を潜《ひそ》めて告げる。

「さあ、薬物の種類までは……ええ、検査をしたわけではないので。……救急車は必要ありません――」

突然、金属をまき散らしたような激しい音が響いた。器具を載せたワゴンが倒れたのだろうか。

「タケシっ！」

男の声と、呻き声が聞こえる。

浅倉は？　浅倉はだいじょうぶなのか？　なにが――。

『松原《まつばら》さん？　どうしました？』

電話の向こうから呼ばれ、敦希は慌てて叫んだ。

「急いで！　早く！」

受話器を放り出し、診察室に駆け込む。

「浅倉……っ！」

そこには診療台から落ちてガクガクと痙攣《けいれん》している患者と、それにすがる男。そして、膝《ひざ》をついてうずくまっている浅倉がいた。

「浅倉、なにが――」

走り寄った敦希は、浅倉が左手で握りしめている右手から、血が溢《あふ》れ出しているのを見て目を瞠った。

「切ったのかっ？」

「いいから……患者が痙攣してる。タオル嚙ませとけ。あと……縫合がもう二針……」

「なに言ってる！　おまえこそ、見せてみろ！」

「……うっ……」

無理に左手をずらすと、どくりと血が溢れた。見慣れているはずの血液の赤さに、眩暈《めまい》を覚える。

浅倉の手が……。

これから医療の中心で活躍しようとする外科医の利《き》き腕が、どれほど大切なものか――いや、医者でなくたって浅倉の手は……。

敦希はよろけるように走ってガーゼを取りに行く。棚《たな》からいくつもの滅菌《めっきん》パックを取り落としながら、抱えられるだけを抱えて浅倉の元へと向かう途中で、痙攣する男の口にタオルを嚙ませ、横に張りつく男に固定させた。

浅倉の傷口に押しつけたガーゼは、血を吸ってたちまち真っ赤に染まる。

「バカ野郎……っ。よけいなことしないで、さっさと警察に引き渡せばよかったんだ……」

混乱してしまって、止血をするのが精一杯だった。視界がぼやけるのは、涙が溢れているせいだろう。

「治療をするのはよけいなことか？　それがいちばん重要なことだろう？」

諭《さと》すように静かな声に、思わず顔を上げる。痛みを堪えてひそめた眉の下で、浅倉は苦笑していた。

「なに……笑ってんだよ…っ……」

「泣くなよ」

血に濡れた左手が、敦希の頬《ほお》を拭《ぬぐ》う。

勝手にこぼれてくるのだ。敦希が望んでいるわけじゃない。

言い返したら嗚咽《おえつ》まで洩れそうで、敦希は唇を噛みしめて、浅倉の手を握り続けた。

「なんで……こんなに切れた？　落ちたメスだろう？」

ふつうは手の上にメスが落下したくらいで、こんなけがにはならない。

手の甲の表面に浮き出ている腱《けん》はかなり堅く、落ちてきたメスくらいなら弾《はじ》き返すだろう。

「患者さんが発作起こして落ちそうになったから、支えに回ったんだよ。器具トレイと一緒に倒れてきて……俺の手の上にメス、その上に……」

わずかに視線が動いて、まだ身体を小刻《こきざ》みに震わせている男を示した。

なんてことだ……。

あまりの間の悪さに、敦希は首を振った。

サイレンの音が近づき、ほどなく玄関前に数台の車が停《と》まったようだ。電話で敦希の様子が急変したからだろうか、救急車も手配してくれたらしい。

うるさいほど響いていたサイレンが止まり、どやどやと足音が響く。

「だいじょうぶですかっ？」

「松原敦希さんはどちらですか？」

救急隊員と警察官は互いの仕事に入ろうとして、まずは患者の搬出《はんしゅつ》が先だと判断したらしい。

タケシと呼ばれた男がストレッチャーに乗せられるのを見ながら、敦希は震える唇で大まかな経緯と治療を報告する。その間に浅倉の手には、救急隊員の手によって応急処置が施《ほどこ》された。

「では、病院のほうへ搬送します」

担架《たんか》を断った浅倉が救急車に乗り込むのを見届け、敦希は救急隊員に声をかけた。

「東都医大《とうといだい》にお願いします。こちらからすぐ連絡しておきますので」

浅倉の容体が気になってしかたがない敦希だったが、事情聴取から解放されて東都医科大学付属病院に駆けつけることができたのは、すっかり日も昇ってからのことだった。

東都医大への搬送を願ったのは、本條《ほんじょう》がいるからだった。もし浅倉の手に万が一のことがあったとしても、本條ならきっとなんとかしてくれる――虫のいい話かもしれないが、とっさにそれしか考えられなかった。浅倉の手が元どおりになることが、敦希にとっては最優先事項だった。

浅倉は個室にいた。毛布の上に乗せられた右手は、手首まで包帯で覆《おお》われている。敦希の胸は締めつけられるように痛んだ。

どうしてこんなことに……もっと早く通報していれば……いや、俺がさっさと治療していればば……――。

「またそんな顔してる」

ドア口で立ち尽くす敦希に、浅倉は苦笑した。

「……俺のせいだ……すまない」

「ばぁか。おまえ、ちゃんと寝たか?」

人のことを気にしてる場合じゃないだろう、と言いかけて唇を噛んだ。今さら悔《く》やんでも嘆《なげ》いても、浅倉がけがをしたことは変わらない。

「こっちこそ悪いな。しばらく診療に出られない」

「なに言ってる。きちんと治療しろ」

浅倉は目を伏せ、包帯に包まれた自分の右手を見た。

「……そうだな。医者を辞めるわけにはいかないからな」

「当たり前だ。絶対……治る」

いや、どんな手を尽くしても治してみせる。

そうだ。せっかく京阪メディカルのような大病院に勤めるチャンスなのだから。

それに、浅倉にとって医師は天職だ。どんな人間であろうと助けを求めている限り、最善を尽くして治療しようとする。そんなふうに患者を第一に考える医師こそ、医療の中心にいるべきだ。

早くよくなってくれ……そして、おまえにふさわしい場所で活躍してくれ……。

振り向いてもらえないとか想いが届かないとか、そんなことがひどく矮小《わいしょう》に思えてきた。

浅倉が医師として、また彼自身としてあるべき姿でいてくれるなら——、自分の望むとおりに生きているなら、それで充分だった。

ノックの音と共に、血圧計を持った看護師が入ってきたので、入れ替わりに敦希は病室を出た。

昨夜、浅倉を搬送する旨《むね》を東都医大病院に連絡したときには、本條はいなかった。今朝はもう来ているだろうか。

ナースステーションの前を通り過ぎざまに、「松原先生」と声がかかった。目を向けると、覚えのある看護師がボードを手にしたままカウンターの外へ出てくる。

「田代《たしろ》さん、ごぶさたしてます。あ、主任になったんだね」

キャップにラインが入っているのを見つけ、敦希は微笑《びしょう》して、大学病院時代に世話になった看護師を見下ろした。

「年功序列みたいなものですから。さっき申し送りで浅倉先生が入院したって知って、びっくり。今、一緒にお仕事してるんですって?」

「ああ、うん……つい最近なんだけどね。よろしくお願いします。あの、それで本條先生はもういらしてるかな?」

「ええ、医局にいらっしゃいますよ。浅倉先生のことも、もう診察なさったんじゃないかしら」

すでに本條には、浅倉の入院その他が伝わっていることに、敦希は安堵した。

「わかった。行ってみる」

「内線入れておきますから」

相変わらず手際のいい田代に礼を言って、エレベーターで階下へ降りる。

院内はすでに一日が始まり、スタッフが忙しく動き回っている。

退職してから訪れたのは初めてだった。この慌ただしさの中に、過去自分も存在していたとは思えない。

医局前の廊下で、敦希はドアから出てくる本條の姿を見つけた。

「本條先生！」

ケーシーに白衣を羽織った本條は、カルテとX線フィルムが入っているらしいファイルを手に、目で敦希を促した。慌てて後を追う。

患者の家族への病状説明のために使われる小部屋に入ると、本條はテーブルにフィルムを広げながら、敦希を一瞥《いちべつ》した。

「顔色が悪いな」

「平気です。それより、浅倉は――」

「まあ、座ったらどうだ」

「は、はい……」

視線はテーブルの上のX線フィルムを睨むように見据《みす》えたまま、ガタガタと音をたてて向かい側に座る。本條が差し出してくれたフィルムを、敦希は天井《てんじょう》の照明に透《す》かした。

「……これ……」

手にしたフィルムが揺れる。

「第二指の腱二本と第三指の腱一本が切れてる。神経も」

「そんな……先生っ！　治してください！」

腱が切れていれば、浅倉は気づいたはずだ。なのに、なにも言わず――。

どうして……浅倉……！

「手術は十一時からだ」

「……先生が？」

「そのためにここへ運んだんだろう？」

ふっと笑った本條に、テーブルにぶつかるほど頭を下げる。

「お願いします！　あいつの手を……」

切断した腱は、放置時間が長くなるほど縮んでしまう。繋ぎ合わせられなくなったら、別の腱に繋ぐか、移植が必要になる。外科医の繊細な指先を守るには、できるだけ元どおりに繋ぐことが望ましい。

顕微鏡《けんびきょう》を使って血管や神経を繋ぐマイクロサージェリーと呼ばれる再接着術は、本條の得意とするところだった。

落ち着いた本條の様子からも、手術に不安はないのだろうが、それでも敦希は脅《おび》える。

代われるものなら代わりたい。

どうしてあのとき、浅倉のそばを離れてしまったのだろう。いや、最初から自分が治療をしていれば――。

何度も同じ後悔が湧《わ》き上がり、敦希を苛《さいな》んだ。

浅倉の手が治らなかったら、自分自身を許すことができない。

「お願いします……」

震える声で呟《つぶや》く。

今はもう、祈るしかなかった。

浅倉の医師としての人生を、復活させてほしい――。

そんな敦希の様子を無言で見つめていた本條は、

「条件がある」

ふいに口を開いた。

敦希は思わず顔を上げ、目を見開いて本條を見つめる。

「――と言ったらどうする？」

「もちろん……できることならなんでも」

試すような本條の眼差しが、どこか不穏《ふおん》だった。

しかし浅倉の未来がかかっているのだ。どんな条件を提示されたとしても飲むつもりだった。

いや、初めから断る選択肢など持ち合わせていない。無理と思えることだってやってみせる。

「本当に……？」

「……なんですか……？」

本條の薄い唇の端が、わずかに上がる。

「俺のものになれ」

一瞬意味がわからず、ただ本條を見つめていた敦希は、やがて双眸《そうぼう》を見開く。

「……本條さん……そんな……」

「いくらなんでもそんなことを持ち出すなんて、って顔だな。だが、じゃあおまえはどうなんだ？　俺の気持ちは拒絶しながら、惚《ほ》れた男を救ってくれと頼み込んでくるおまえは」

たしかに本條の言うとおりで、敦希だって本来ならば、そんなことを頼める義理ではないとわかっている。

けれど浅倉の手を元に戻すことは、敦希にとってなによりも優先されることだった。そのためには、本條への気づかいすら無視した。いや、本條を慮《おもんぱか》ることを考えまいとした。

「……本條さん……」

「どうせあいつはそのうち出て行くと、そう言っていたな？　ならば、誰に操《みさお》だてするものでもないだろう？」

今ここで敦希がノーと言ったら、浅倉の手は治らないかもしれない。

そんなことできない。浅倉から外科医としての能力を奪うなんて……。

浅倉の望みが自分の願いだと、つい先刻思ったばかりではないか。そのためなら、すべてをなげうってもいいと――。

浅倉を救うための本條の条件は、まさに敦希にしかできないことだ。ならばなにを躊躇《ちゅうちょ》することがあるだろう。

この人の……ものに……？

病室で見た浅倉の顔と、包帯が巻かれた右手が目に浮かぶ。

敦希は顔を上げた。

……それで、浅倉が助かるなら……――。


浅倉の手術は、神経はもちろんのこと、懸念《けねん》された腱も切れた箇所同士を繋ぎ、細い血管に至るまですべてが元どおりに修復された。

「大変だったねえ、先生」

事件の全容は、瞬《また》く間に患者たちの知るところになった。しかもこういったことの常で、あることないことの尾《お》ひれもついているようだ。

診察のたびに、代わる代わる異口同音《いくどうおん》に話を持ち出され、敦希はひとつひとつに答えている。

「ええまあ。でも手術も無事成功しましたし」

「ひと安心だねえ。でも敦希先生はけがもなくてよかったよ。先生にまでなにかあったら、あたしたちだって困るもんねえ。ま、浅倉先生なら頑丈《がんじょう》そうだしね」

顔中しわくちゃにして、入れ歯も吹っ飛びそうな勢いで笑う米屋の隠居に、敦希は、そういう問題じゃないんだけど、と内心ため息をついた。

カルテにペンを走らせていると、竹井に補助されながら椅子から立ち上がった隠居は、ふいに敦希の左手を握った。

「おばあちゃん……」

思わず少年時代の呼び方が口をついてしまう。

学校帰りに店の前を通ると、隠居にはよく、米屋専売だというジュースをもらったものだった。

「敦希ちゃんが無事でよかったよぉ」

骨と皮になったカサカサの手が、震えながら力を込めてくる。胸までが痛くなるような、そんな感触だった。

竹井に摑まるようにして診察室を出て行く腰の曲がった後ろ姿を、感謝を込めて見送っていると、入れ違いにドアの隙間から滑り込んできた小さな姿に、敦希は苦笑する。

松原医院の並びにあるそば屋の子供で、小学三年生の一馬《かずま》だ。今どきめずらしいくらいの腕白《わんぱく》で、しょっちゅう捻挫《ねんざ》や小さなけがをしては、ひとりで治療にやって来る。

今日は見たところ、どこも問題はなさそうだったが。

「どうした?」

きょろきょろと診察室内を見回している一馬に訊《たず》ねると、どんぐり眼《まなこ》で敦希を見据える。

「あ、爪《つめ》はがれちゃった。ここ。やっぱいないんだ、浅倉先生」

椅子に座らせて手を取ると、左手の中指の爪が三分の二ほどの長さからむしり取られている。

敦希は背を屈《かが》めて消毒を始めた。

「うん、一馬よりひどいけがしてね」

「いてっ、しみる~」

「なにやったんだ?」

「ドッジボール」

「他の指も爪が伸びてる。折れないように切っておけよ。指が一本でも使えないと、不便なのがわかっただろう?」

「はーい」

ガーゼを当ててテープで留めながら、ゆらゆらと揺れている足元を見て、さほど痛みもなさそうだと安心する。自宅のほうには、患部の清潔を保つようにだけ伝えればいいだろう。

「浅倉先生もさ、早く治って帰ってきて、また一緒に病院ができるといいね」

中指を見て、「ありがとう」とにっこりと笑う一馬を、敦希はハサミをトレイに置く手を止めて見つめた。

「……そうだな」

誰よりもそれを望んでいるのは敦希だっただろう。けれど、決して口に出せない願いでもあった。

浅倉は医師としてもっと自分を活《い》かせる場所で働くことを望んでいるし、彼のような優秀な医師を待っている患者も病院も、いくらでもあるだろう。

退院までもう少し……。

卓上カレンダーの日付を見つめる。

手が治ったら、今度こそ浅倉は敦希の前から消えてしまう。もう会うこともないだろう。

なんのための再会だったのか。

諦《あきら》めて忘れようと努《つと》めてきた三年間が、まるでむだなあがきだったと思い知らされ、そして浅倉への想いをさらに深く強く自覚した日々だった。

そうだ。愛している——。

なににも代え難《がた》く大切に、愛《いと》しく思っている。

これからの敦希の人生に関わることがなくても、彼を想う気持ちは一生変わらないだろうと確信している。

俺のすべてを捧げるから——。

愛されなくても、その姿が見られなくなっても。

浅倉を愛する気持ちだけを胸に、敦希は彼を見送る決心を固めた。


「……本條さん」

診療を終えてから大学病院へ向かって浅倉を見舞った敦希は、病院玄関を出たところで、帰り支度を済ませた本條と出会《でくわ》した。

無言のうちにも同行を命じる気配が伝わってきて、敦希は数歩遅れて背中を追う。

「聞いたか？　明後日《あさって》退院だ」

「……はい。お世話になりました」

ジャガーの助手席に乗り込んだ敦希を、本條はエンジンをかけながら見つめた。

「送っていくわけじゃないぞ？　わかってるんだろう？」

「…………」

車を発進する様子はなく、本條はシートに背中を沈《しず》める。

「おまえからはっきりとした返事はまだ聞いてなかったが、浅倉の手術を頼んだということは、あの条件を飲んだと取っていいんだろうな？」

そうだ。浅倉のためにできることは、すべてやってやりたかったから。本條の条件が敦希だというのなら、それを拒《こば》む理由などなかった。

本條の指が顎を取り、敦希は促されるままに仰向《あおむ》いた。近づいてくる端整な顔に、観念してぎゅっと目を閉じる。

しかし唇が触れる直前に、無意識のうちに俯いてしまった。

軽いため息が洩れ聞こえる。

今になって……なにやってるんだ、俺……。

「まだ決心がつかないのは――」

態度を改めようとした敦希より先に、本條が、

「あの男のせいか？」

唇を歪《ゆが》めて顎をしゃくる。

つられてフロントガラスに顔を向けた敦希は、驚愕《きょうがく》に目を瞠った。

「……浅倉……」

宵闇《よいやみ》に浮かび上がる白っぽいパジャマ姿が、肩で息をしている。

「あのばか……っ、あんな格好で……」

慌ててドアを開けようとした敦希の肩を、本條は押し留めた。

「本條さんっ！」

「まだ答えを聞いてない」

一瞬逡巡《しゅんじゅん》するが、しかし今は浅倉のほうが気になる。

なぜ浅倉が？　どうしてここがわかったのだろう。

息を呑んで一点を見つめる敦希の横顔を見て、本條はふっと笑ったようだった。

「おまえが帰っていくのを、いつも窓から見てるからな。俺と歩き出したのを見て、慌てて飛び出してきたんだろう」

浅倉はゆっくりと助手席側に歩いてきた。本條の操作でウィンドウガラスが下げられる。

敦希はせめてもと、首に巻いていたマフラーを渡そうとしたが、それは包帯に覆われた手で押し返された。

「どういうつもりだ、敦希」

「……浅倉……」

浅倉がなにを言っているのかわからなかったけれど、夜風の中に立たせておくわけにはいかない。けれど敦希の手は、本條に握られている。

「忘れる気になったんじゃなかったか？　それともまだこの男に振り回されるのか？」

耳に揶揄《からか》うような囁《ささや》きが吹き込まれる。

「敦希！　降りてこい！」

テーピングされた右手が、敦希に向けて真《ま》っ直《す》ぐに差し出された。

どうしてそんなに必死な顔で俺を見る……？

自分の前から去ろうとしている浅倉が、なぜ敦希を呼ぶのか。

どうして……その声で俺を呼ぶ……。

すべてに耐えて、浅倉を見送ろうとしているのに。

激しく打ちつける胸が、浅倉を凝視《ぎょうし》しているとさらに痛くなる。

今、呼ばれて降りたところでなんになる。浅倉が敦希を呼ぶことに意味などない。きっとこの男のわがままで単純な独占欲で――。

「……敦希！」

浅倉らしくもない叫び声が闇に響いた。敦希の身体がピクリと揺れる。

「もう一度だけ考える機会をやろう。俺か、あの男か……選べ」

そっと本條の手が離れた。

敦希はぎこちなく首を回して、本條を振り返る。口元は緩《ゆる》めながらも、じっと敦希を見返す目
――。

自分はもう本條の条件を飲んで、彼のものになると決めたはずではなかったか。だからこそ浅倉の手術を頼んだはずだ。それを破るのか。

交換条件という形を用いた本條ではあるが、彼は本心から敦希を愛してくれている。この三年もの間、変わらず見守っていてくれたこともよくわかっている。

敦希のことを考えてくれているからこそ、今また最後の最後で、もう一度敦希に選択させてくれるのだろう。

そんな本條と一緒にいれば、いずれは浅倉への気持ちも消えていくかもしれない。本條を心から愛するときが来るかもしれない。

しかし――。

敦希はもう一度車の外を見た。

愛してもくれない相手が呼んでいるから――？

けがが治れば、敦希の前から消えてしまう。

そして敦希はそれを見送ると決心した。

どんなに想ったところで浅倉の心は得られないのだから、そうするしかないのだ、と。

……ああ、でも……――。

なにが敦希をこんなに迷わせ、躊躇《ためら》わせるのだろう。

自分を見つめる浅倉の目が、あまりにも真剣で――。

「またつらい目に遭うかもしれないぞ？」

本條の言葉に、そのとおりだと思う。

今ここを出たら、このまま浅倉を送り出すよりも、ずっと苦しい別れになるだろう。

それでもいいのか。

浅倉が去った後、二度と立ち直れないほどになってしまったとしても――？

でも――それ以上に愛している。

敦希にとって浅倉がすべてで絶対だった。他の誰を裏切っても、浅倉にだけは逆らえない。

いや――、自分の心に嘘はつけない。

俺は……この男から逃れられない。

一分でも一秒でも長く見つめていたい。一センチでも近くにいたい。

愛されなくても……俺は愛しているから。

報われない想いでも、せめて一度自分の気持ちを正直に伝えて、それで終わらせたい。

静かに息をつき、手をドアレバーにかける。

敦希は見えない力に操《あやつ》られるように、車から降り立った。

「……どうしてそいつなんだ」

本條の声に、わずかに彼のほうを振り返りかける。

「俺にしておけばいいのに……ばかな奴だ」

「本條さん……」

ふいに背中から強い力で引き寄せられてきつく抱きしめられた敦希は、全身を強張《こわば》らせた。

……浅倉……――。

激しく鼓動を打つ胸に、浅倉の腕から違う速度の脈が伝わる。

……抱きしめられている……。

呆然《ぼうぜん》とする敦希を通り越し、本條はその後ろの浅倉に視線を据える。

「今度また手を緩めてみろ。そのときは問答無用でかっ攫《さら》うからな」

浅倉の手が、さらに深く敦希の胸に食い込んだ。

「手術のことは感謝してますけど……今度はありません。そのために戻ってきたんだから」

再びその言葉を聞いて、敦希は息を呑む。

……そのため、って……──。

本條は肩をすくめるとウィンドウを閉じ、静かに車を発進させた。

あの車に乗っているはずだったのに、見送っている自分が信じられなかった。しかも、浅倉に抱きしめられて。

首筋に冷たい頬と冷えた息を感じ、敦希は慌てて浅倉の腕の中から抜け出し、温《ぬく》もりを与えようとパジャマ一枚の背中に広げたマフラーをかけた。

そして改めて見つめ合った瞬間、再び息も止まりそうなほど強く抱きしめられた。

「敦希……」

目の奥が痛くなり、瞼《まぶた》が熱を持ち、やがてにじんだ視界で、敦希は真冬の凍《こお》りつく星空を振り仰いだ。


すでに消灯時間は過ぎていたというのに、浅倉は病室へ帰ろうとせず、あろうことか敦希をタクシーに押し込み、自分も乗り込んできた。パジャマ姿の客に戸惑《とまど》うドライバーに行き先を告げ、

松原医院に着いたのが数分前のこと。

リビングに向かう前に、羽織るものを貸そうと自室のドアを開けた敦希は、浅倉に背後から腕を取られた。

室内は廊下から差し込む明かりだけで薄暗く、振り返って見上げた浅倉の顔は、逆光に影を濃くしていた。

「敦希……！」

力強い腕と厚い胸に閉じ込められ、敦希はその感触に酔う。

浅倉が敦希になにを求め、どんなつもりで抱きしめているのだとしても、そんなことはどうでもよかった。ただ自分に向けられるものをすべて受け止める以外考えられない。

奪いたければなにを奪ってもいい。そして俺の前から消えても……俺はおまえを愛することしかできないから。

タクシーの中では互いに無言だった。ただずっと手を握り合っていた。

浅倉は敦希が逃げるとでも思っているかのように、強く手を握りしめてきて、敦希はその右手が以前と変わらず力強いことが嬉しかった。また、そこから伝わってくる熱が苦しいほど胸を灼《や》いて、熱いのに震えていた。

愛する心が止まらない――。

だから、その想いを伝えたい。恋しくてしかたがないから、打ち明けてぶつかる。

そのために自分は、本條の車を降りたのだから。

胸に閉じ込めたまま生きていくには、想いが大きくなりすぎている。ふたをしても溢れて止まらない。

「……浅倉」

とくんとくんと、互いの鼓動が伝わってくる。

「好きだ……」

たったひと言が、緊張に掠《かす》れて吐息になった。

しかし相手の耳にはたしかに届いたらしい。背中に回った指先が揺《ゆ》れて、それからゆっくりと抱擁《ほうよう》が解かれる。

深い陰影に彩《いろど》られて表情は定かではなかったが、それ自体が光を放っているような目が、敦希を見下ろしていた。

もう——逃げない。

しっかりとその目を見つめ返しながら、もう一度繰り返す。

「おまえが好きだ……ずっと前から……」

肘を掴んでいる浅倉の手に力がこもった。

「じゃあなんで――いや……俺だけか？　あの人は……」

敦希の言葉が本当かどうか、その目に映っているとでもいうように、食い入るような眼差しが注がれる。

「本條さんとは、なにもない。おまえだけだ……浅倉しか好きじゃない」

浅倉の手が頰に触れた。

「敦希……」

「それを……伝えたかったんだ。俺の気持ちを知ってほしかったから……同じように好きになってくれと、強要してるわけじゃない」

「待て」

指先が顎を摑む。浅倉は食い入るように視線を鋭くした。

「浅倉……」

「どうしてそうなるんだ？」

「だって……」

敦希は瞳を揺らめかせながら俯く。

人の心を思いどおりになどできない。できるものなら、とうにそうしている。

「おまえはそうじゃないだろう……？　俺のことなんか、なんとも――」

「違う！」

突然浅倉の両手が、敦希の二の腕を摑んで強く揺さぶった。

「俺はおまえを愛してる！」

あまりの激しさと思いがけないその言葉に、敦希は目を瞠る。

「……あさ……くら……？」

それはどういう意味なのか。

浅倉ははっとしたように力を緩め、手を離そうとするが、しかし首を振って再び敦希を包むように抱きしめた。

「おまえを……愛してるんだ……」

薄闇の中、もう一度はっきりと声が聞こえる。わずかの揺らぎもなく、敦希に言い聞かせるように繰り返す声に、鼓動が走り出した。

「……あ……——」

なにを言えばいいのかわからない。

決して浅倉の口から聞けるはずはないと思っていた言葉が、敦希の胸を叩いた。望んでいたはずなのに、実際耳にすれば苦しくて切なくて、泣き出してしまいそうだ。

「俺もずっと前から……おまえが好きだった……」

ずっと前から……？　そんなはずはない。

好きなら、なぜなにも言わずにロスへ行ってしまったのだ。

「……うそ……だ……だっておまえは……あのとき――」

思わず浅倉の胸の中から逃れようとした敦希を、強い腕が引き止める。

「嘘じゃない。愛してるから――、絶対の自信がほしかった……」

苦しげになにかを思い出すような顔で告げた浅倉を、敦希は潤《うる》んだ目で見上げた。

「絶対の――自信……？」

繰り返した言葉に、浅倉は唇を引き結んで頷く。

「おまえに惹《ひ》かれたのは、寮で同室になったときからだ。偶然おまえが女を相手にできないと知って、まずは身体を手に入れてしまおうと思った。それから徐々に気持ちも繋いでいこうと……焦ってたんだな、俺は」

そんな昔から……？

ふいに始まった告白に、敦希は戸惑う。

「でも……そんなことひと言も……」

「おまえが他人と深く関わることに、尻込みしてるように見えたからだ。だから……おまえがそこから解放されるのを待とうと思った」

これが本当に自分たちの過去の話なのだろうか。ずっと互いを想っていたと……？

「はっきりとは口にしてくれなかったけれど、少なくともおまえの心にいちばん近い場所にいるのは俺だと、そう感じられるようになったころ……俺はとうに、どうしようもないほどおまえを愛してた……おまえの未来も、最後の最後まで欲しくて……でも、俺に人ひとりの一生に責任が取れるのか、……おまえをずっと幸せにすることができるのかどうか……自分の気持ちに迷いはなくても、その確信が持てなかった」

「……浅倉……」

浅倉の腕を摑もうとして手が上がる。

そんなにも……俺を……？　一生をかけてもいいと思うほどに……？

「せめて医者としての自信がつけば、おまえとずっと生きていきたいと言えると思った……」

そんなふうに考えていたなんて、夢にも思わなかった。

どうしてそこまで浅倉が敦希とのことを、なかなか決心できず慎重になったのか。自信家の彼らしくもない。

愛していると言ってくれれば、それだけで敦希は頷いただろうに。

「好きだという気持ちだけで突っ走るのはたやすい。けど……失敗はしたくなかったんだ……おまえを途中で放り出すような人間は、おまえの人生に必要ない……」

どこかつらそうな眼差しを、敦希は呆然と見返す。

その言葉は、母親に捨てられて愛情を信じられなくなった過去を思い出させた。

信じさせてすがらせて、万が一なにかの障害が起きたときに挫《くじ》けるようなことになったら、敦希が深く傷つくと、浅倉はそこまで考えていたのだろうか。

「……浅倉……」

だから、ロス行きを決めたというのか。自分に自信を得るまで、敦希にはなにも告げずに。

浅倉にきつく抱きしめられた。暖房もつけずに冷えきった部屋の中で、しかし身体の奥からじんわりと熱が伝わってくる。顔に押しつけられた肩先から、消毒薬の匂《にお》いに混じって、懐《なつ》かしい浅倉の匂いがした。

「離れている間、おまえのことばかり考えていた。会いたくて、声が聞きたくて……抱きしめたくて。どんなにおまえのことが好きか……改めてよくわかった」

「……っ……」

耳元で囁かれたのは、決して現実には起こらないと思っていた、けれど敦希が狂おしくなるほど願っていた告白だった。

現実なのだろうか、と思う。こんなことがあっていいのかと。

鼓膜《こまく》を震わせる浅倉の声が、涙腺《るいせん》まで刺激する。

「……バカ野郎…っ……」

混乱の果てに、我ながら思ってもみなかった恨《うら》み言《ごと》が口をついて出た。

「ひと言くらい……言って行けなかったのかよ……俺が…っ、どんな気持ちで――」

誰かに向かってこんな感情的な言葉を吐き出したことなど、今までにあっただろうか。

浅倉は敦希の頭を抱き寄せて、何度も髪を撫《な》でた。その手の優しい感触に、敦希は顔を押しつけていたパジャマの薄い布地を濡らしてしまう。

「ごめんな……」

囁きながら、宥《なだ》めるようなくちづけがこめかみに落とされる。

感情の淵《ふち》のギリギリまで追いつめられて、ようやく自分の気持ちを伝える決心をした。報われる期待などできなかったけれど、ただ最後に本心を伝えたくて――。

結果は思いもかけないもので、こうやって浅倉の感触に包まれながらも、夢ではないかと思う。

「帰国してここに来ておまえに会ったとき、どうやって今までのことを話して謝ればいいのか途方に暮れた。おまえはもう俺のことなんか必要じゃないみたいで……でも俺は、二度とおまえを放す気にはなれなくて……おまえにしてみれば、ずいぶん勝手な話だったよな……」

浅倉自身も思い出しているような囁きが、耳に流れ込んでくる。

どんな経過を辿《たど》ったとしても、浅倉の心が今自分にある――、それだけで敦希には充分だった。

この絆《きずな》があれば、別々の場所で生活をしていても耐えられる。寂しくても、心が繋がっている今ならば――。

そう思っていた敦希の耳に、

「もうどこにも行かない。ふたりでこの病院をやっていこう」

浅倉の言葉が飛び込んできて、思わず顔を上げた。

「一緒に……？」

「ああ、診療復帰にはもうしばらくかかるけど。それまでひとりで頑張ってくれな」

自分の右手を見て苦笑する浅倉に、敦希は首を振る。

「そうじゃない。京阪メディカルは？」

「……え？　まさかおまえ――」

浅倉の顔から笑みが消え、間近から見下ろす眼差しが驚くほど真剣になった。

「俺がなんのためにここへ来たか、もう一度はっきり説明しなきゃならないのか？」

真っ直ぐに見つめる切れ長の目は、敦希を射貫《いぬ》きそうなほどに強い光を湛《たた》えていた。その真摯《しんし》な眼差しと、指先から伝わる体温に、鼓動がトクトクと走り出す。

「おまえが欲しい。おまえとずっと一緒に生きていきたい――そう決めたから、ここで働き始めたんだろ」

ここで……一緒に松原医院をやっていく？　ずっと……？

「……あ……でも……」

喉に絡《から》んで声が掠れた。

「おまえは離れても平気なわけ？」

詰《なじ》るように訊《き》かれて、思わず首を振ってしまった。

浅倉が……ずっと、俺のそばに……？

互いの気持ちが確かめ合えても、それはまた別の話だと思っていた。

離れたくないと思っていても、浅倉を自分の元に引き止めてはいけないのだと言い聞かせていたのに。

「……いいのか？　こんなちっぽけな病院じゃ、おまえの能力は活かせない」

おずおずと訊ねると、鋭くも見える目がふっと細められた。

「患者がいれば、そこは俺たちの居場所だろう？　重篤《じゅうとく》かどうかは関係ない。それに、入れ物なんて、その気になればいくらでも変えられる。いや、患者と医者が必要だと思う形に変わっていくもんだよ」

敦希の両手を包むひと回り大きな手に、心まで包まれたような気がした。

「俺はもうどこへも行かない。ここで医者をやっていく。……おまえは？」

返事をしなければと思うのに、口を開いたら震えが止められなくなりそうで、敦希は唇を嚙みしめていた。

辛抱《しんぼう》強く待っていた浅倉が、「敦希？」と囁く。

「浅倉……おまえのそばに……いたい」

三年越しの願いが、ようやく言葉になった。


長いくちづけを交わした後、明確な意志を持ってシャツのボタンに触れた手を、敦希はできるだけそっと引き下ろす。

浅倉はわずかに眉を寄せて、敦希の手を摑み返した。

「なんで、いや？」

「そうじゃない……手が……」

「手が？」

握る手に力がこもる。敦希には、テーピングが施された手を振り解くことができない。

「おまえを抱くのに支障はないけど？」

敦希の身体をドアに押しつけるようにして、浅倉の脚が膝を割る。堅い太腿《ふともも》が意図的に敦希の股間に押しつけられた。

「……あさ、くら…っ……」

接近する浅倉から逃れるように顔を背《そむ》けるが、晒《さら》された首筋に熱い息を感じて、敦希は喘《あえ》ぐように名を呼んだ。

舌先が動脈の上を辿る。ただでさえドクドクと脈打っている血管の中を、血液が速度を増して流れていく。あまりの勢いに破れてしまいそうな気がした。

「焦《じ》らすなよ」

堅い鼻梁《びりょう》が耳朶《じだ》を揺らす。握った手に力を込めてくる。

「……我慢できない……」

間近で視線を合わせた浅倉は、さらに距離を詰めてきた。忍《しの》び出た舌が、緊張に乾《かわ》いていた敦希の唇を舐《な》める。上唇を端から端まで潤《うるお》して、下唇へと移る。誘うように歯列に押しつけられ、ゆるゆると間が開いてしまう。

侵入した舌は、歯の裏をゆっくりと舐め回し、頬の内側を伝って、喉奥に逃げていた敦希の舌を捕らえた。

「……つん、……ふ……」

動き回る舌に、口中の温度が上がる。

目を閉じているのに、眩暈に襲われた。

息苦しさに何度となく首を振っても、その都度執拗《つどしつよう》に追いかけられて、敦希の背中は壁に沿《そ》ったままズルズルと滑り落ちていく。ガクリと膝が折れた瞬間、浅倉の手が腰を抱き寄せた。

「わかるだろ……」

密着した下肢《かし》で、互いの欲望の兆《きざ》しが擦り合わされる。

「あっ、……あ……」

浅倉の肩に顎を載せる形になっていた敦希は、思わず喘ぎを洩らして腕にしがみついた。

高い鼻梁が敦希の髪を掻《か》き分けるようにして、耳朶に唇を押しつける。

ウエストを支えていた手が下がって、ボトム越しに尻肉を摑んだ。

「……っ、あさ、…くら……」

「おまえが欲しい……」

引きずられるようにして、敦希はベッドへ押し倒された。

浅倉の手でベッドサイドのライトが灯《とも》り、互いの顔が浮かび上がる。

「……そのために俺は戻ってきたんだから」

「浅倉……」

「おまえは?」

望みを押し殺すな、言いたいことは全部口にしろと、浅倉は言っているのだろう。万が一拒絶されることや叶《かな》わないことがあっても、初めからそれを畏れるなと。

そしてきっと浅倉だけは、敦希の願いをすべて聞き入れてくれる。望むものを与えてくれる。

「……欲しい。心も、身体も……」

掠れ声の願いを、浅倉はくちづけで聞き入れてくれた。

額にも頬にも、余すところなくキスの雨が降る。敦希の全身をくちづけで埋め尽くそうとするように、絶え間なく唇が動く。

ときおり強く吸われて、敦希は小さく震えた。遠い場所に与えられたくちづけの感触が、皮膚《ひふ》を伝って快楽の中心へと送られてくる。

「ああ……敦希だ……」

浅倉は喉元に顔を埋《うず》めるようにしながら、じゃまなシャツのボタンを次々と外していった。

開かれた胸を、手のひらが這《は》う。

軽く頭を載せて、胸に耳を押し当てている浅倉には、敦希の速い鼓動が響いていることだろう。

吐息が数センチ先の乳首を掠め、ぞくりとする。きっと目の前で堅く勃《た》ち上がってしまう。

「あっ……」

爪の先で引っかかれ、思わず声が洩れた。痺《しび》れるような疼《うず》きを発して、さらにきつく凝《しこ》ってくるのを感じる。

「こっちは？」

浅倉は頭を上げ、硬めの髪に擦られていた胸のもう一方の先端を、そっと伸ばした舌先でつついた。

「あっ…ぅ……」

捩《よじ》れそうになった身体を押さえられ、舌を巻きつけるようにして舐められる。剝《む》き出しの神経に触れられているようで、微細な動きに翻弄《ほんろう》された。

恋しくて、何度も思い浮かべたはずの愛撫《あいぶ》。それがさらに苦しさを募らせて、いつしか記憶から締め出していた感触。

「……っや、……ぁ、さく……」

「嫌じゃないだろ？　こんなにして……」

囁きの後に強く吸いつかれ、敦希の胸は反り返って背中が浮いた。肩から脱げ落ちたシャツが、袖《そで》だけまとわりつく。

「ああっ、あう……」

胸を離れて下肢に伸びた手が、ボトムのベルトとファスナーを開放した。下着の中に潜り込んできた大きな手のひらが、双丘を撫で回す。しっとりと汗ばんだ肌に張りつきながら、尾骨のあたりを指先が辿る。

「……んっ……」

逃れたかったのか、それとももっと受け入れたかったのか、自分でもわからないままに片膝を動かした弾みで、絡み合った身体が横倒しになった。ずり下がったボトムが、脚を撫で降ろされながら脱がされていく。

「このまま……広げてて」

無理矢理片脚を膝立たせられて、大きく隙間の開いた無防備な股間を、浅倉の手のひらで包まれた。

「ふ、ぁ……あ……」

勃ち上がっていたものを緩く擦られて、甘い刺激が背筋を震わせた。

いつの間にか浅倉の肩を掴んでいた指先が、焦れったさを訴えるように皮膚に食い込んでしまう。

「あさ…くら…っ、……も……」

「……どうしてほしい？　言ってみろよ」

仕返しのように甘嚙みされた肩先が、じわりとにじむように痺れた。

屹立《きつりつ》の先端を撫で回す指先から、くちゅり、と濡れた音が洩れる。

「あぁ……も…と、……強く……擦って……」

笑ったのだろうか、吐息が肩を掠めた。

握り直された昂《たか》ぶりを、強弱をつけて揉《も》みしだくように上下されるたびに、先端から溢れたぬめりが、茎全体に広がっていく。

「あ…、あ、……浅倉…っ、……い、い……」

手の動きに合わせて、腰が揺れるのを止められなくなる。

浅倉の肩を摑んでいた敦希の手は、いつしかしっかりと首を抱いていた。

背骨に沿って脊椎《せきつい》の数を数えるように降りてきた手が、腰を抱えて回転する。

「あ…っ」

一瞬のうちに、敦希は仰臥《ぎょうが》した浅倉の腹の上に跨《また》らされていた。浅倉の手に押され、しかたなく首に回していた腕を解いて上体を起こす。

見下ろした浅倉は、どこか陶然《とうぜん》とした表情で敦希を見ていた。

敦希の熱に浮かされたように潤んだ目も、色を増して堅く熟《う》れた乳首も、浅倉の手で淫《みだ》らに育てられた下肢の猛《たけ》りも、すべてが晒されているかと思うと、消え入りたいほどの羞恥《しゅうち》を覚える。

しかしそれ以上に、せっぱ詰まった欲望を感じていた。

あれほど迫って敦希を押し倒した男は、今は煽《あお》るだけ煽った敦希をただ見上げている。どうすればこの先に進めるのだろうと、欲望に囚《とら》われた頭は途方に暮れた。

敦希の屹立を握りしめた手が、再びゆっくりと上下する。

「……う、あ……」

わずかな刺激にも、もどかしげに腰が揺れてしまう。浅倉の腹を跨《また》いでいる敦希が動くと、パジャマ越しにも堅く張りつめている浅倉のものが、敦希の開かれた尻の狭間《はざま》に、割り込むように押しつけられる。

「あ、……あ…さ、くら……早、く…っ……」

我慢できずに浅倉の屹立を後ろ手に摑むと、そのたしかな手応《てごた》えに、眩暈がするほど欲情した。

「まだ」

言い放った浅倉は、敦希の手を取り上げて、堅い腹筋の上に置かせる。

「浅倉…っ……」

焦れったさに半《なか》ば理性を奪われ、敦希はパジャマの上着を握りしめて、駄々をこねるようにかぶりを振った。

「もっと身体倒して……胸、ここまで近づけて」

差し出された舌先が、敦希の乳首を待っていた。

「……っ……」

自分から身体を寄せていく仕草に羞恥心を煽られながらも、その先に待っている快感に負ける。かすかに震えながら身体を倒していくと、浅倉の髪で胸元が隠れたあたりで、熱く濡れた弾力が、疼く胸の先端を押し包んだ。

「……ん、あぅ……」

与えられる刺激だけではもの足りなくて、浅倉の上で小刻みに身体を前後させる。その背中を支えるように添えられていた手が、ゆっくりと滑り降りてきた。脊椎を辿り、尾骨を越え、開かれて晒された窪《くぼ》みへ――。

乾いた指先は、そっと入り口をなぞるだけで手荒なことはしてこない。しかし今は、それが焦れったい。

敦希は、握られている屹立を刺激するためでなく、後ろへの感覚を求めて、腰を蠢《うごめ》かせた。

「無理だって。どのくらい間が空いてたと思ってんだ」

浅倉は敦希を自分の腹の上から降ろした。

「い、い…からっ、……はや、く……」

「だめ。痛い思いなんかさせない」

すがりつこうとした敦希の肩を押さえ、俯《うつぶ》せにさせる。腰だけを持ち上げられて、敦希は枕《まくら》にすがった。

「気持ちいいことだけして、俺なしじゃ一晩もいられないくらいにしてやる」

着衣を脱ぎ落とす気配に耳を澄《す》ませていたのに、思った以上に素早く、浅倉は敦希の太腿に手をかけ割り開いた。

期待に内股が震えるのを止められない。

この疼く身体を、早く満たしてほしい。

大きな手で左右の尻肉を摑まれ、狭間の皮膚が引きつるほど開かれる。

「あ……」

吐息がかかる。

「すげ……ヒクヒクしてる」

「……っ、や……」

男を待って浅ましく蠢く場所を指摘され、敦希はふいに我に返って激しい羞恥に襲われた。

浅倉の視線から逃れようと膝を進めるが、それより先に濡れた舌を押しつけられ、感じ入った吐息が洩れる。あまりにも甘美な衝撃に、触れられたところからさざ波が立つように肌が粟立《あわだ》っていった。

「……は、ぁ……あ、あ……」

窪みの周囲を、舐め溶かすように何度も行き来していた舌は、やがて尖《とが》らせた先端で中心をつき出す。

綻《ほころ》び始めた後孔《こうこう》は、その刺激でさらに淫らな呼吸を繰り返した。

腰を滑った浅倉の手が、解放を求めて脈打つ昂ぶりを包む。

「どうする？　こんなにぬるぬるにして……」

「あ…っ、しゃべ、る…な……っ」

息ごと声まで体内に入ってきそうな錯覚に陥る。

これ以上新たな刺激を受けたら、爆《は》ぜてしまいそうだった。

「あ…っ……、あさく、ら……」

欲望に霞《かす》んだ頭を枕に押しつけ、しきりと首を振り続ける。

「いかせてやろうか？」

唾液で濡らされた指が、つぷりと窪みに割り込んだ。

「は、あっ、あう……」

待ち焦《こ》がれていたように、隘路《あいろ》は指を飲み込んでいく。

浅倉に握られているものが、ビクビクと震えた。

「ほら……ここ」

言葉と同時に刺激された内壁が、電気を流されたような勢いで絶頂の快楽を呼び込んだ。

「あ、あああー……っ」

ガクガクと腰が揺れる。迸《ほとばし》る飛沫《ひまつ》が、双珠まで握り込んだ指の間を流れていく。

内部を探る指は、締めつける肉を押し開くようにして動き続け、吐精の脱力感に落ちていこうとする身体を、なおも苛む。

「……や、……待、て……まだ……」

汗に濡れた背中に、裸の胸が覆い被《かぶ》さってきた。直《じか》に触れる浅倉の体温を、感じる余裕もない。

「待てない。こんなとこで休憩してたら、朝になっても終わらない」

低い声で囁きながら、項《うなじ》に張りついた髪を舌先が掻き分ける。

敦希の中に潜む指に沿って、もう一本が入り口の襞《ひだ》を押し開いた。

「あ、……ふ、ぁ…あ……」

立てた膝は崩《くず》れてしまい、今は正座のまま上体を倒したような格好だった。そこに浅倉がのしかかっていては、身動きもままならない。

「もっと緩めろよ……これじゃまだまだ挿《い》れられない」

荒い息混じりにそう言って、尻に擦りつけられた浅倉の怒張は、眩暈がしそうなほど熱く堅かった。

二本の指が敦希を犯す。

まるで昨日もこの身体に触れたように、慣れた動きで的確に敦希の快感を引き出していく。

空白の三年など、存在しなかったように。ずっとこうやって毎晩を過ごしてきたかのように。

「あぅ、あ、……は、あさ、く……」

抜き差しを繰り返す指に、肉が絡みつく。新たな欲望が芽生《めば》え、さらに強い快楽をほしがる。

「すげえ……うねってる……挿れたい……」

浅倉の声に情欲の響きを聞き取って、敦希の内部は淫らに収縮を繰り返した。

この身体に、愛する男を受け止めたい。自分の中で、快楽を感じてほしい。

「……ほ、しい……浅…倉、おまえ…が、……欲しい……」

項に唇を押しつけていた男を、首をねじ曲げて見上げた。頬が触れ合うほど近くに、浅倉の顔がある。

「俺も……おまえが欲しい……もう、限界だ……」

舌先から届くキスが、深く唇を合わせるものになった。互いの口中を探り、舌を絡め合い、吸い合う。

「……っふ、ん……」

指が引き抜かれ、敦希の身体は仰向《あおむ》けに返された。唇に倣《なら》うように、身体までも密着していく。

片脚が引き上げられて、浅倉を待って蕩《とろ》けた場所に、熱い昂ぶりが押し当てられた。

「……んぅ……」

胸を鷲摑《わしづか》みにされたような、切なさにも似た充足感。

拓《ひら》かれていく身体の心許なさと、触れ合う身体のたしかな安堵感が相反する。

「……敦希……」

ぐっと背を反らした浅倉に最後まで貫かれ、敦希は図らずも目の眩《くら》むような絶頂に押し上げられた。

「……あぁ……」

悦《よろこ》びの声は、わずかに洩れた掠れ声だけだった。

身体だけが、意思を離れてビクンビクンと痙攣を繰り返す。

胸や首筋に散った飛沫を、浅倉の指がすくい取り、射精の快感に堅く尖った乳首に塗《ぬ》りつける。

「や……、する、な……」

弛緩《しかん》しようとする身体に与えられる刺激が苦しい。何度も震えて、体内の浅倉を食い締めてしまう。

「早いよ、おまえ」

苦笑する浅倉の声は、しかしどこか満足そうだった。

「しかたない……じゃないか……」

乾いて引きつる喉で無理に唾を飲み込み、切れ切れに答える。

ずっと恋しかった男に抱かれているのだ。身体も心も張りつめた糸のようになっていたのだから、いつ弾《はじ》けてもおかしくない。

ゆったりと掻き回すように腰を使いながら、テーピングが施された手が敦希の胸を撫で回す。擦られるうちにぬめりは消えて、かさついた手のひらの感触が、ひりつくような疼きを呼んだ。

「……あぁ……浅倉……」

身体の表面に与えられる愛撫と、体内を行き来する熱い楔《くさび》が、敦希を波に揺らされるような緩やかな快感で包む。

「気持ちいい……？」

首筋を辿っていた唇の囁きが伝える振動にさえ、敦希は陶然となって目を閉じたまま頷いた。

「……い、い……」

ときおり深くなる律動が、鋭い刺激を連れてくる。その回数が増えるごとに、身体は熱をため込んでいって、反応が大きくなってくる。

二度も遂情した性器が、新たな悦びを示し始めた。そこにするりと指が絡んだのを、敦希は慌てて押し止める。

「だ、めだ……そんなに…したら、また……」

「何度でもいかせてやる……からっぽになるまで抱いたって、足りないくらいだ……」

「ああ…っ」

深く突き上げられて、さっと全身が粟立った。浅倉にしがみついたまま、仰《の》け反った背中がシーツから浮き上がる。

いっぱいに押し広げられた場所にさらにねじ込むように腰が進み、背中に回された腕が敦希を抱き上げた。

「うあっ、あ……」

向かい合った浅倉の腰に乗り上げる格好になり、敦希は飲み込まされた屹立が深々と身体を貫く感触に震えた。衝撃で膝に力が入らない。

「ば…か……なに、を……」

「このほうが、好きに動けるだろ?」

わずかに浅倉の太腿が動いて、埋め込まれたものの位置が変わる。敦希はその刺激に喘いで首を振った。

「あ……でき、な……」

「そのうち腰を振らずにいられなくなる」

そう言ってずるりと後退しかけた昂ぶりを、敦希の身体は反射的に引き止めようとして締めつける。それを待っていたように、浅倉は再び深く押し入った。

「ああっ、あ……っ」

脳天まで突き抜けるような抜き差しに、快楽の度合いが一気に跳ね上がる。

弱い場所を続けて攻められ、互いの腹に挟まれた敦希のものが、苦しいほど急速に勃ち上がっていった。

敦希の腰を摑んで揺する浅倉の指先が、結合部を撫でる。そのむず痒《がゆ》いような感触と、すぐ内側の粘膜を激しく擦られる刺激が、敦希を狂わせていく。

「あっ、や、あ……、あさ、くら…っ……」

もっと感じたかった。

もっと深く強く結ばれたい。

重なり合った部分から溶け合ってしまえたらいいのにと、願わずにはいられない。

すべてを受け止めようと、敦希の全身が絡みつく。浅倉の熱を包み込んだ肉壁が、妖《あや》しく蠕動《ぜんどう》して無意識の誘惑を始める。

「……っく……」

耳元で、浅倉の押し殺した呻きが聞こえた。その声と熱い吐息に、敦希も解放に向けて疾走《しっそう》す

る。

ふたりで作り出した快楽を、別々の身体が追いかける。

だからせめて、もう二度と離れないと、抱きしめる腕に万感の想いを込めた。


浅倉が退院して最初の休日、ふたりは墓参りに訪れていた。今は葉もすっかり落ちた桜並木を通り抜け、幕末・維新以降の著名人や文化人の墓碑《ぼひ》が多いことで知られる広大な霊園の一角で立ち止まる。

ここへ来ることを希望したのは浅倉だった。

寒い時期だし、少しでも身体を休めたほうがいいのではないかと思ったが、強く反対する理由もない。ここしばらく慌ただしく過ごしていた敦希も、墓地の様子が気になり手入れをしたいと思っていた。

白菊《しらぎく》の瑞々《みずみず》しい香りが線香の匂いに変わったころ、長い祈りを終えた浅倉が顔を上げた。

「ずいぶん信心深いんだな」

朝晩仏壇に手を合わせているのも知っている。

浅倉はかすかに笑って、苔生《こけむ》した墓石を見上げた。

「やっと、約束が果たせたからさ」

「……約束？　父と？」

敦希が知る限り、浅倉と養父が会ったのは数回、それも挨拶《あいさつ》程度のことだったはずだ。

「おふくろさんのお葬式《そうしき》の後しばらくして、おまえの家へ行ったことがある」

初耳だった。養父からも聞いたことはない。

ちょうどここへ来る途中だった養父の供をしたのだと言う。

しかし、浅倉が養父に会うどんな用事があったのだろう。

「敦希の代で後継ぎが途絶《とだ》えてもいいかって、訊いた」

「……それは……」

目を瞠る敦希に頷く。

「おまえを愛してるから、他の誰にも渡したくないって言ったよ」

「浅倉……」

養父が自分たちの関係を知っていた――。

そんなこと、ひと言も……いや、知っている素振りも見せなかった……。

「……それで……父はなんて……？」

「後継ぎなんてどうにでもなる、自分たちだって敦希を養子に迎えたって。そんなことより問題は――」

切れ長の目がじっと敦希を見下ろした。

「俺の気持ちが一生変わらないものか……そして敦希を幸せにできる自信があるかどうかだと言われた」

「…………」

「そのときに、おまえの過去を教えられた。俺はそんなことはもちろん、おまえが養子だったことすら知らなかったからな。そんなことも打ち明けられていない奴には、まだまだおまえの相手はできないって笑われたよ」

父さんが……そんなことを……――。

養父母の愛情がどれほど深いものだったか、今さらのように思い知らされて、敦希は胸がいっぱいになった。

そしてその思いに応えられないままだった自分に、強い後悔を覚える。

俺は……独りじゃなかった……いつだって誰かに見守られて……愛されていた――。

震える肩を、大きな手に包まれる。

「できれば、直接親父さんに会って伝えたかった……ぐずぐずしてた俺が悪いんだけどな」

敦希は俯いたままかぶりを振った。

そんなことはない。決心するまでの時間が長かったからこそ、きっとその気持ちは変わることがないのだと、今は思える。

なによりも敦希自身が、浅倉を信じて共にありたいと強く願っているから――。

「……俺も、誓う……」

顔を上げ、潤んだ目でなにも語らない墓石を見つめた。

「おまえと一緒に……幸せになる――」

END

白衣の熱愛

「それじゃお大事に。なにかあったら、いつでも電話してね」

松原敦希《まつばらあつき》は狭いたたきで靴を履《は》きながら、磨《す》りガラスの仕切り戸の向こうに声をかけた。

ありがとうね先生、と嗄《しわが》れ声が答えたのを確認して、年季の入った合板のドアから出る。施錠《せじょう》してから新聞受けに預かったカギを落とし込み、湿っぽいコンクリートの通路を歩いた。

神経痛で通院しているひとり暮らしの老女から、熱が出たから薬を取りに行きたいと電話があったのが小一時間前。松原医院までは一キロも離れていないが、いつも一時間近くかけてやって来る患者を来させるのは気が引けた。それでなくても時間は夜の九時を回っていたから、不用心だ。

敦希は往診を兼ねて薬を届けることにした。咳も出ていたので、来る途中で買ってきた桃を添えて、鎮咳《ちんがい》と去痰《きょたん》の薬と解熱剤を出した。

明日の昼休みにでも、また様子を見に来ようかな……。

ひとり暮らしの老人患者は存外多く、常に気にかかる存在だ。下町だけに隣近所の目は届くほうだと思うけれど、あくまでそれは厚意だから、あてにしてはいけないと思う。世代が変わればつき合いも変わるし、住人の移り変わりもある。

かといってしょせん他人の敦希にできることなど知れているのだが、だからこそできることはしたいと考えている。

アパートの出入り口に立つと、雨が降っているのに気づいた。降り始めたばかりのようだが、雨足は強くなりそうだ。

戻ってカサを借りることを一瞬考えたけれど、カギはかけてしまったし、わざわざ起き上がらせるのも忍びない。

十分もかからないしな……走って帰ろう。

そう決めて往診カバンを抱え、路地に飛び出そうとしたところに、携帯電話が鳴った。

『敦希？　往診終わったか？』

電話は浅倉哲《あさくらさとる》からだった。老女からの連絡があったときには入浴中だったので、敦希は声をかけて出てきたのだった。

「ああ、今帰るところ」

『そこで待ってろ。カサ持ってないだろ？　角曲がればすぐ着くから』

迎えに来てくれたらしい。驚きと嬉しさで、自然と口元が緩《ゆる》む。

「湯上がりなのに。気温が下がってきてるんだから、風邪引くぞ」

『そっちこそ、おおかた急いでシャツ一枚で飛び出したんだろ。とにかく待ってろ。濡《ぬ》れるなよ』

電話を切り、降り注ぐ雨の夜空を見上げる。先週梅雨《つゆ》明け宣言があったというのに、まるで梅雨に逆戻りしたような重苦しい降り方だ。肌寒さも感じる。

しかし敦希の胸は、ふわりと温かい。

そういえば……初めてのときも、こんな天気だったな。

しとしとと雨が降り続いた日曜日、古びた大学寮の薄暗いふたり部屋。突然戻ってきた浅倉に、混乱のままに抱かれ――。

あれから十年以上の月日が流れ、今またこうして浅倉のそばで生きていることが、たとえようもなく嬉しい。

宵闇《よいやみ》の雨に煙る景色の中に、傘《カサ》を差した長身の影が見えてきた。

Tシャツにパーカーを羽織《はお》り、ジーンズの足元にサンダルをつっかけた軽装の男が、足を速める。

その顔に浮かんだ笑みに、敦希もまた微笑《びしょう》を返した。鼓動が高鳴る。

「はい、まずはこれ着て」

浅倉は手にしていたカーディガンを敦希に羽織らせると、カサを差し出した。

「悪いな。わざわざ」

「いや、おまえこそ往診ご苦労さん。木下《きのした》のばあちゃん、だいじょうぶだったか?」

「ああ、風邪みたいだ。また明日診に来ようと思う」

「そうだな」

地面を叩《たた》く雨の中に、ふたり並んで足を踏み出した。

浅倉が松原医院の医師となってから、八か月が過ぎようとしている。

舞い戻った患者や新規の患者が増え、病院の経営も軌道に乗ってきた。一時は患者数が日に数人にまで落ち込んでいたのが、ここまで立て直せたのは浅倉のおかげだと思っている。

それを言うと浅倉は、自分は目新しさが客寄せになっただけで、患者の気持ちを摑《つか》んでいるのは敦希だと否定する。しかし人当たりのよい浅倉に患者たちが惹《ひ》きつけられ、信頼を寄せたのは間違いない。

『ここではそういう医者であるべきだと思ったからやってるだけ。俺が愛想のいいほうじゃないのは、おまえだって知ってるだろう?』

おまえの病院のために必要だと思ったからそうしたんだよ、と言っていたが、今では案外浅倉自身も、そんな自分にリラックスしているように見える。

いずれにしても、今の松原医院と患者や近辺住人との関係は良好と言えるだろう。

「敦希、このまま風呂《ふろ》入ってこい。ほっぺたが冷たい」

浅倉は敦希の頰《ほお》に一瞬唇を押し当ててから、背中を押した。

二階の住居に入ると、浅倉の仕草や眼差《まなざ》しは一転して恋人のものになる。仕事のパートナーとして一日を過ごした後、敦希にはすぐにその切り替えができなくて、そんな浅倉の態度に戸惑《とまど》ってしまう。

決して嫌なのではない。ただきっとまだ慣れていないのだ。浅倉が——これほど愛《いと》しい存在がそばにいるという日常が、あまりにも幸せすぎて。

そんな敦希の内心を見抜いているのかどうか、ぎこちなくなってしまう対応にも、浅倉は優しく目を細めるだけだ。敦希の心がプライベートモードに変わるのを、静かに見守っている。

風呂を使った敦希は、着替えを用意していなかったので、バスタオルを腰に巻いただけで浴室を出た。

リビングのほうから、廊下にまで芳《かぐわ》しいコーヒーの香りがする。

「コーヒー入ったぞ」

「ああ、今行く」

そう答えて寝室に入り、まずパジャマのズボンを穿《は》いた。濡れた髪を拭《ぬぐ》っていると、半開きのドアから浅倉が入ってくるのが、鏡越しに見えた。

「すぐ行くよ」

浅倉はベッドの上からパジャマの上衣を取り上げると、それで敦希の肩を覆《おお》う。風邪を引かさないようにと神経質になっているのだろうかと思い、タオルを置いて袖《そで》を通そうとすると、背中から抱きしめられた。

「……浅倉？」

「いい匂《にお》いがする」

濡れた髪が張りついて冷えた項《うなじ》に、浅倉の唇が熱い。

敦希はそこから身体に熱を点《とも》されていくのを感じながら、掠《かす》れ声で囁《ささや》いた。

「同じシャンプー使ってるじゃないか……」

「そうだな。なのに、なんでこんなに甘いんだ？」

「あ……っ」

舌が首筋を這《は》う。強く抱きしめられすぎて、パジャマが肩からずれ落ちる。裸の肩を柔らかく嚙《か》まれ、背筋がぞくぞくと震える。

「あさ…くら、……コーヒーが……」

「後でまた淹《い》れてやる」

胸元に手が滑り、両方の乳首をつままれた。

「あう……」

柔らかな粒を挟《はさ》んで擦られ、その刺激に括《くく》られたようにきゅっと尖《とが》ってしまう。

浅倉の胸に頭を預けるように仰《の》け反《ぞ》ると、浮き出た喉仏《のどぼとけ》を舌で撫《な》でられた。

足元が覚束《おぼつか》なくなり、何度も床を踏みしめる。

やがて腹部を滑り降りた片手に、パジャマの上から股間を撫でられ、反射的に腰を引けば、堅い浅倉の身体にぶつかった。スウェットパンツ越しにも怒張の感触が明らかで、敦希は昂《たか》ぶらされながらもその逞《たくま》しさに戦《おのの》く。期待と戸惑いが複雑に混ざり合って、けっきょくはされるがままになってしまう。

浅倉は敦希の半勃《はんだ》ちの性器を握って煽《あお》りながら、腰を密着させてきた。布越しに成長を促《うなが》す愛《あい》撫《ぶ》と、双丘の中心に擦りつけられる昂ぶりに、腰が震える。

「あ…あ……っ、あ……」

「抱きたい……いい?」

嫌だなんて言うと思っているのだろうか。

顎《あご》を舐《な》め上げた舌を唇に押しつけられ、迎え入れるように口が開いた。絡《から》み合う舌が、濡れた音を響かせる。強く吸われて、敦希は喉奥で呻《うめ》きながら浅倉の肩に腕を回し、身体を反転させた。

パジャマの上衣が床に落ちる。

「……ふ、ん…っ……」

深く重なった唇が、抱き寄せられてさらに交わった。上顎を舌先で擽《くすぐ》られ、もっととねだるように仰向《あおむ》いてしまう。裸の胸がいっそう浅倉に密着し、洗い晒《ざら》しのTシャツに擦られた乳首が、痛いくらい堅くなる。

背中を抱いていた手がウエストに下がり、ズボンの中に侵入した。下着を着けていない敦希の双丘を、大きな両手が揉《も》みしだく。

「んぁ……浅倉……っ」

喘《あえ》いだ拍子《ひょうし》に、唾液の糸を引きながら唇が解けた。

摑まれて腰を動かされて、着衣に阻《はば》まれた互いの屹立《きつりつ》が擦れ合う。押し返されそうなほど力強く成長したものの感触に、欲望が膨《ふく》れ上がる。

「敦希……いいか……?」

耳殻《じかく》に息を吹き込むように囁かれて、喘ぐことしかできない。浅倉の首にすがりつき、自分から性器を押しつけた。

「しても……いい?」

返事なんて、敦希の態度を見ればわかりきっているだろうに。

左右に広げられた双丘の狭間《はざま》を指先で撫でられ、思わず力が入ってつま先立ちになる。

「したい……?」

耳朶《じだ》を噛まれて、甘い疼痛《とうつう》が走り抜けた。

「敦希……?」

「……あ……」

低い囁きが言葉を強要する。

「……したい、して…っ……」

吐息にかすかな笑いが含まれていたような気がした。

するりと尻を剝《む》かれたズボンが、抱き上げられた弾《はず》みに足から抜け落ちる。

数歩移動してベッドに降ろされ、全裸の敦希に浅倉が覆い被《かぶ》さってきた。

「だめ。じっとしてて」

抱き寄せようと伸ばした手を、シーツに縫《ぬ》い止められる。戸惑う敦希に笑いかけ、浅倉は舐めるように視線をゆっくりと這わせていく。

つんと尖った乳首や、浅い呼吸に上下する腹部、そしてすでに欲望を露《あら》わにしている性器が、眼差しの刺激にいっそう煽られていった。

「あ、あ……っ」

唾液がたっぷりと乗った舌に胸の先端を掬《すく》い上げられて、敦希は身を捩《よじ》る。舌先で擽られるだけではもの足りない。きつく吸い上げてほしい。

しかし浅倉は優しすぎる愛撫を繰り返し、敦希を懊悩《おうのう》に落とし込んでいく。

腹に着くほど反り返った性器から溢《あふ》れた滴《しずく》が、糸を引いて落ちた。

くすりと声を洩《も》らし、浅倉の頭が胸から下がる。腹に落ちた透明な先走りを舐め取り、また露《つゆ》

を結ぼうとしている先端の孔《あな》を塞《ふさ》ぐように、舌先が押し当てられる。

「あぅ……」

そのまま含んでほしかったのに、すぐに舌は離れてしまって、敦希は震える吐息をつきながら、思わず恨《うら》みがましい目で見下ろしてしまった。

目だけを上げた浅倉と視線が交錯する。

「いちばんしてほしいところは……違うだろ」

両膝《りょうひざ》を折り曲げられ、浅倉を間に挟んで大きく脚を開かされる。さらに胸に着くほど両脚を押し上げられて、すべてが晒されてしまう。

「ああ……」

何度こうしたかわからないほどなのに、たまらない羞恥《しゅうち》に襲われた。同じ性を持ちながら違う官能を求める自分が、ひどく浅ましく思えてくる。

特に浅倉に再会して一緒に暮らし始めて以来、敦希の身体は前よりもずっと淫《みだ》らになってしまったようだ。浅倉しか知らず、空白の三年間は、誰とも触れ合うことなく過ごしてきたというのに。

日を置かないセックスで慣らされてしまったのだと言いわけするにしても、浅倉に引かれはしないかと不安になる。

けれど、それでも——彼と触れ合いたい。

「可愛《かわい》いな」

ふっと笑った吐息が肌を撫でる。浅倉を求めて焦《じ》れる場所が、その刺激にいっそうヒクつくのを、自分でも感じた。

「あ…さ、くら……っ」

急《せ》かすように揺れた腰に、腿根《ももね》を強く押さえつけられる。前髪が双珠を掠めて、その感触と期待に身震いした。

「あっ…う……」

弾力に富んだ濡れた感触が、後孔《こうこう》を覆う。襞《ひだ》の隙間《すきま》にまで唾液を浸透させるようにゆっくりと舐められ、なけなしの理性まで剝《は》がされていく。

「……い、い……気持ち…いい……」

自分の言葉に昂ぶっていく。性器がビクビクと脈打つたびに、先端からぬめりを溢れさせる。尖らせた舌先に窪《くぼ》みを穿《うが》たれ、敦希は摑まれたままの手で浅倉の手を握り返した。

「浅倉……あさ…くら……」

触れ合っている相手がたしかに彼なのだと確かめるように、何度も名前を呼びながら、敦希は深い快楽の中に沈んでいった。

「骨は異常ないし、腫《は》れも二、三日で引くと思いますよ。湿布《しっぷ》をこまめに取り替えて、よく冷やしてくださいね」

パーテーションで仕切られた隣の診察室から、浅倉の声が聞こえる。

「ああ、よかった。おやっさん、ほんとにすいません」

「だからこんくれえ平気だって言ったろうが」

隣町の大工の棟梁《とうりょう》が来ているらしい。先ほど待合室で大声を張り上げていたのが、付き添いの青年だろう。

「だいたいおめえは大げさなんだよ。後から騒ぐんなら、もちっと周りに気を配れってんだ」

どうやら不注意で、棟梁の足の上に材木を落としてしまったらしい。若者はしゅんとしているようだが、棟梁なりに気にするなと言っているのが、敦希にはわかって小さく笑う。

最後の患者の治療を終えたのを機に、窓際の通路から隣に顔を出すと、診療台で看護師の竹井《たけい》に湿布を当ててもらっている棟梁と、そばに立って心配そうに見守っている鳶装束《とびしょうぞく》の青年がいた。

予想以上に若い。まだ十代だろう。

「棟梁、ごぶさたしてます。新しいお弟子《でし》さんですか？」

「こりゃあ先生。ああ、今の現場から入った奴ですわ。おい、ぼさっとしてねえで挨拶《あいさつ》しな」

「あ、どうも佐藤《さとう》です。よろしくお願いします」

棟梁は片脚を二、三度振って状態を確かめると、ひとり頷《うなず》く。

「ん、こいつなら祭りには問題ねえな」

「おやっさん、なんなら俺が代わりに出ますよ」

「ばか野郎、進行は山車《だし》の上に乗る大役だぞ。若造に任せられるか」

佐藤の申し出をすげなく退《しりぞ》けた棟梁は、思い出したように敦希を見た。

「そういや先生。今年は祭りの当番なんですって？」

「あ、ええ」

週末にこの界隈《かいわい》の夏祭りがある。持ち回りの執行部担当が、松原医院に回ってきていた。

「俺が出るんですよ。祭りなんて子供のとき以来で、楽しみで衣装も買ってきちゃいました」

口を挟んできた浅倉に、棟梁は愉快そうに笑う。

「うちの祭りはけっこう賑《にぎ》やかですよ。なんたって下町ですからね。そうか、浅倉先生が。いや、こりゃあ女衆が喜びそうだな」

処置を終えた竹井が立ち上がって背筋を伸ばし、浅倉を振り返った。

「けが人も出ますからね。御神輿《おみこし》担《かつ》いではしゃぎ回ったりしてないで、ちゃんと救護のほう見てあげてくださいね」

久しぶりに近所の定食屋で軽く飲みながら夕食を取ったが、そこでもあちこちのテーブルで交わされているのは、祭りの話題だった。

「みんな好きなんだな。大野《おおの》のじいさんなんて、今からあんなにはしゃいでて、本番までに息切れするんじゃないか？」

浅倉は背後で声を張り上げている煎餅屋《せんべいや》の隠居を視線で示しながら、自分が注文した手羽先《てばさき》と卵の甘酢煮を、敦希の皿に載せた。代わりに鯖《さば》のみそ煮をつまみ取っていく。

「ああ、そうだな。当日はけがもあるけど、年寄り連中の体調に気を配ってたほうがいいかもしれない」

照りのある卵を箸《はし》で割ると、濃いオレンジ色の黄身が湯気を立ち上らせた。

「今までは出なかったのか？」

「当番でなけりゃ、強制じゃないから」

子供のころは一度か二度参加したが、もともと敦希は騒がしいのを好むタイプではない。ここに戻ってきてからも、そういった交流は養父に任せっきりだった。

本当は自分のほうから歩み寄っていくべきなのだと、思ってはいたけれど。今回も浅倉に押しつけることになってしまったのではないだろうか。浅倉という男も、基本的には団体行動が好きではないはずだ。

「ごめん」

「なにが？」

「……やらせちゃって」

「いいんだよ。おまえはああいう騒々しいのは苦手だろ」

浅倉は目尻を下げて笑い、酒造メーカーのロゴがプリントされたグラスのビールを飲み干した。敦希は慌《あわ》ててビンを手に取り、残りを注ぎ足す。

「俺も別に厄介《やっかい》だなんて思ってない。毎年の行事なんだから、ここで暮らしていくならやっといたほうがいい。若いもんが少ないって嘆《なげ》いてるから、大事にされるしな」

それに、と声をひそめて顔を近づけた。

「おまえが野郎どもに揉みくちゃにされるのを、ハラハラしながら見守ってるよりは、ずっとましだ」

「……なに言ってるんだ」

敦希は赤くなりそうな頬を隠すために、ビールを口にした。

祭りをよろしくと口々に声をかけられながら店を後にして、ぬるい夜風の中をゆっくりと歩いていく。

通りがかった公民館の前は、祭りの準備に追われる人々の出入りが繰り返され、煌々《こうこう》とした明かりと賑やかな声が洩れていた。

「ほんとに祭り一色なんだな。終わったら、みんな気が抜けちまうんじゃないか？」

「ああ、そんな感じかも」

敦希は返事をしながら、先ほどの浅倉の言葉を考えていた。

ずっとこの場所で暮らしていくから、近所づき合いを大切にしていく――というようなことを言っていた。

あの冬の日、すでに浅倉の意志は伝えられて、そして今日まで疑いようがないほどに愛情を注がれていた。

愛し合い、信じ合い、この上なく甘く幸せな日々を過ごしながら、しかし一方で、その幸せにどこか戸惑っている自分がいる。

どんなに願っても叶《かな》わないことはあるのだと知ったこれまでの人生の中で、いちばん望んだものを手に入れてしまったから——。

自分がその幸せを得るに足る人間なのだろうかと、疑問に思ってしまう。

隣を歩く浅倉の顔を、そっと見上げた。

すぐに気づいて、こちらを見返す。

「そんな顔するなよ。たまらなくなるだろ」


そろそろ休もうかとリビングの明かりを消していたところに、チャイムが鳴った。キッチンでカップを洗っていた浅倉と顔を見合わせる。

「急患かな？」

「でも、病院のほうじゃないだろ。あ、待て。俺が出るから」

手を拭った浅倉が、インターフォンの受話器を取った。

「はい？　……なんだ、恭子《きょうこ》か。今開ける」

玄関に向かう背中を敦希は追う。

「恭子ちゃん？」

「ああ。こんな時間にどうしたんだろうな」

「颯太《そうた》くんが具合悪くなったのかな」

岡本《おかもと》恭子は浅倉の母方の従妹《いとこ》で、数年前に結婚して川向こうのマンションに住んでいる。颯太という一歳半になる息子がいた。

子供を介して知り合った同じマンションの住人から、松原医院の噂《うわさ》を聞いて来院し、偶然浅倉と再会した。以来、診療だけでなく親しくしている。

玄関ドアを開けると、足元に大きなバッグを置き、颯太を抱いた恭子が立っていた。心なしか顔色が悪い。

「遅くにごめんなさい」

「どうした？」

恭子の胸元で、颯太が半分眠りながら泣き声を上げる。

「とにかく入れ。ほら」

バッグを手にした浅倉が恭子を招き入れる間に、敦希は先に立ってリビングのソファにタオルケットを用意した。

颯太は宥《なだ》める間もなくすぐ眠りに落ち、ソファの上であどけない寝顔を見せている。

「それで、どうしたんだ？　こんな荷物抱えて。まさか家出じゃないだろうな」

おおかた夫婦げんかでもしたのだろうと、軽く茶化しながら訊《たず》ねた浅倉に、恭子は泣き出しそうに顔を歪《ゆが》めて首を振った。

「昌志《まさし》が……倒れたって。電話があって……」

昌志というのは恭子の夫の名前で、たしか商社に勤めている。

「倒れたって……原因は？」

表情を引き締めた浅倉が問うと、恭子は激しくかぶりを振った。膝の上で握りしめた拳《こぶし》が震えている。

「まだわからないの。意識が戻ってないらしくて……今、インドネシアに出張中なのよ」

浅倉と敦希は顔を見合わせた。

ただでさえ不安なことだろうに、それが異国の地で様子も詳しくわからないと来ては、恭子の狼狽《ろうばい》も無理のないことだった。

「恭子ちゃん、向こうへ行くの？」

荷物はそのためのものなのだろうと考えて訊《き》くと、恭子は頷いたが、ふいに顔を上げて身を乗り出した。

「哲さん、松原先生、お願い。颯太を預かって」

「え……？」

三人の視線が、ソファで眠る颯太に集中する。

この子をうちで預かる……？

想像もしなかった頼みに、ただ呆然《ぼうぜん》とする敦希の横で、いち早く我に返ったのは浅倉だった。

「ちょっと待て、恭子。うちは男所帯だぞ。こんな小さな子の面倒を見られるわけ――」

「それはわかってるのよ！　でも他に頼める人がいない……明日朝の飛行機のチケットが取れたの。哲さん、お願い！」

恭子の両親はすでに他界している。昌志の実家は北海道《ほっかいどう》のはずだが、帰省に半日以上かかるような場所だと聞いたことがあった。今から頼んでも間に合わない。

「けど、なあ……俺たちも診療でつきっきりってわけにはいかないし。連れて行けないのか？」

渋《しぶ》い顔の浅倉に、恭子は力なく首を振る。

「パスポートがないし、この子を連れていたら……」

夫の身を案じながら見知らぬ外国に駆《か》けつけなければならないだけでも、恭子にはそうとうのプレッシャーだろう。そこにようやく歩き出したばかりの我が子をひとりで抱えていくのは、心身共にどれだけの負担になるか。

恭子自身も、本当は颯太と離れたいはずがない。敦希たちに預けるのだって不安だろう。その上での苦肉の策なのだ。

心底困っている恭子に、敦希は思わず口を挟んだ。

「恭子ちゃんだって、俺たちを困らせようとしてるわけじゃないんだから。どうしようもないから頼んでるんだろう？　預かってあげようよ、浅倉」

「おまえなあ。そう簡単に――」

「お願いします！　様子を確かめたら、すぐ戻ってくるから」

ふたりがかりで押され、浅倉は押し黙った。颯太を含めそれぞれの顔を見回して、思案しているようだ。

敦希は胸の奥で渦巻《うずま》く落ち着かない感情を飲み込もうと、唇を噛みしめる。

子供の行方《ゆくえ》が定まらず、おとなが対処を話し合うという状況が、どうにも苦手だった。自分の過去だけでなく、同じような子供を多く目にしてきただけに、根深いトラウマになっているらしい。

もちろん、この事情はまったく異なるものであることもわかっていたけれど。

とにかく今は非常事態で、恭子は敦希たちを頼るしかないのだ。彼らのために自分たちにできることがあるなら、手を貸してやりたい。

最後にもう一度敦希の顔を見た浅倉は、髪を掻き上げてため息をついた。

「……わかったよ、颯太は預かる。けど、場合によってはうちの親か、昌志さんの実家に助けてもらうかもしれないことを、承知しておいてくれ」

恭子の肩から力が抜け、テーブルに突っ伏すようにして頭を下げる。

「あ……ありがとう。よろしくお願いします」

敦希もほっとしながら恭子に微笑《ほほえ》みかけた。

「頼りないだろうけど、こっちのことはとりあえず置いておいて、気をつけて行ってきて。ご主人のことでなにかわからないことがあったら、いつでも連絡して」

「先生、ありがとう」

「しっかりね」

マンションに戻って支度《したく》をすると言う恭子を見送ると、敦希と浅倉は颯太を起こさないように和室に寝かせ直し、その隣にもうひと組布団《ふとん》を敷いた。

すやすやと眠る颯太を見下ろしながら、揃《そろ》ってため息をつく。

「昌志さん……大事にならなければいいけど」

「ああ。それにこいつも、朝起きてどんな反応をするか」

診療以外で訪れることもあるせいか、颯太は浅倉と敦希を個人認識しているようだが、母親が見当たらない状況で慣れない場所に置かれていると理解すれば、困惑するだろうことは想像に難《かた》くない。

それでもおそらく、両親だけが世界のほとんどを占める颯太にとって、それ以外では浅倉と敦希が近い存在であることはたしかだから、恭子の選択はできる限りの最良だったのだろう。

「家族の危機なんだから、颯太くんもわかってくれるんじゃない？」

「そんな理屈が通用するかよ。まだ半分動物だぞ、この年齢は」

「颯太くんに嫌われたくないんだよな、浅倉は」

そんなんじゃねえよ、と浅倉は布団にごろりと横になる。頭は当然のように敦希の膝の上だ。

「べつに俺は子供がぐずってようと、放っておいて仕事を優先するけどな。そうするべきだと思うし。けど、おまえはできないだろ？」

手が伸びて、指の背が敦希の頬から顎をなでる。

「おまえがこいつを気にして、神経を参らせるのが嫌なんだよ」

敦希が気疲れするのを懸念《けねん》して、颯太を預かることを渋っていたというのだろうか。

しかしそう言う浅倉だって、敦希のことまで気にしているくらいだから、颯太が泣いたりするのは見たくないはずだ。浅倉のほうがずっと神経が細やかで、基本的に優しいと敦希は思っている。

敦希は微笑んで浅倉の手を取り、指先にそっとくちづけた。

「だいじょうぶ。手に負えないようなら、すぐおまえに押しつけるから」

軽口を叩いてちらりと目をやると、浅倉は破顔する。

「こいつ」

「あ……っ」

首の後ろに手が回され、浅倉の上に引き寄せられた。しかし膝枕《ひざまくら》の体勢では、さすがに唇まで届かない。

「言ってみれば新婚だってのに、じゃま者が帰るまでイチャイチャはお預けだな」

それでも浅倉は首を伸ばして、おやすみの挨拶にしてはずいぶんと濃厚なキスを、敦希の唇に贈った。


町中が祭りの準備に取りかかっているせいか、いつもは暇《ひま》を持て余した老人たちで賑わう待合室も、本来の診療が本当に必要な患者だけになっているようだ。

それでも、老人らしくない妙にはしゃいだ声がときおり聞こえるのは、颯太がいるせいだろう。

感染の心配があるから、できるだけ病院のほうへは連れてきたくなかったのだが、まさか一歳児をひとりで二階に置いておくわけにはいかない。

事情が事情だからと竹井にも了承してもらい、診療中は受付の内側を颯太の定位置にして、手の空いた者が代わる代わる気を配っていたのだが——歩き出して間もない子供をじっとさせておくなど不可能で、今も待合室をうろつきながら患者連中に愛嬌《あいきょう》を振りまいている。

「颯太ちゃん、ほらおいで。おばあちゃんが絵本を読んであげようねえ。おや、眼鏡《めがね》を忘れてきたかね」

「あ、颯太くん！　こっちいらっしゃい。そっちはだめよ」

受付カウンターの向こうから出てきた事務員が颯太を抱き上げようとすると、あちこちから待ったの声がかかる。

「いいじゃないか。もうここにいるのは、足腰の治療に来てる者ばかりなんだから。病気なんて移りゃしないよ」

「ねえ。颯太ちゃんだって、ばあちゃんたちと遊びたいよねえ」

あっという間にアイドル状態だ。

待合室の様子を気にかけながら診察をしていた敦希の視線の端を、白衣の長身が通り過ぎていった。

「みなさん、診察は終わったんですから、そろそろ帰ったらどうですか？」

待合室に顔を出した浅倉の声がする。

「いいじゃないの、少しくらい颯太ちゃんと遊んだって。うちの孫はもう中学生で、生意気になっちゃって」

「少しって……診察が終わったのは、もう二時間も前でしょう」

「颯太ちゃんが昼寝から起きるのを待ってたんだよ」

どうも老人たちに言い聞かせるのは無理な様子で、敦希はこっそりと笑いながら、患者の服を直した。

「はい、いいですよ。じゃあ、電気当てていってくださいね」

竹井に誘導を任せ、敦希も待合室へと出て行く。今日はもうこれで終わりのようだ。

「敦希、颯太くんを道場に連れてきたらどうかね」

顔を出した敦希に、嬉々《きき》とした表情で声をかけてきたのは、敦希が学生時代に世話になっていた合気道道場の師範《しはん》だ。すでに指導は息子に任せているが、七十を越えた今も矍鑠《かくしゃく》としている。元気すぎて、ときおり道場で弟子を相手にしては、こうして捻挫《ねんざ》の治療にやって来るほどだ。

「まだ少し早いんじゃないですか。それに、本人の意志がないと続かないとおっしゃってたのは先生でしょう」

「む、そうか……いや、しかし――」

「ほら、颯太。そろそろおむつ取り替えないと」

浅倉に抱き上げられた颯太は、何事か喋《しゃべ》りながら両手を振り上げて喜んでいる。

「けど、あれだね。ママがいなくてもご機嫌《きげん》じゃないか。頼もしいこと」

「ああ、まあそれは助かってるんですけど」

今朝目を覚ましたときには、ひとしきり母親を捜《さが》して大泣きしたが、以後はけろりとしたもので、誰に会っても機嫌よく、食欲も旺盛《おうせい》だ。

「で、岡本さんからは連絡あったのかい？」

「いや、まだ。たぶんやっとジャカルタに着いたくらいじゃないですか。そこから他の島へまた移動するんで」

首を振る浅倉に、天ぷら屋の隠居が頬に手を当てて長いため息をついた。

「大変だねえ。それを考えると、うちのドラ息子なんかでも同じ場所で働いてる分、ありがたいと思わなくちゃならないね」

「たしかに。大切な人がそばにいるのは、それだけで安心ですよね」

ただの相づちだったのかもしれないが、その言葉に敦希は浅倉の顔を見つめた。

そばにいる。一緒に生活している。

それが敦希に安心感をもたらしているのはもちろんだったが、浅倉にとっても敦希の存在は同じようになっているだろうか。

そうであってほしい。願わずにはいられない。

「さあ、みなさん。颯太くんもいることですし、今日はこれで終了といたします。明日からのお祭りに備えて、ご自宅で養生《ようじょう》なさってください」

電気治療を終えた患者に付き添いながら待合室に出てきた竹井が、診療終了を宣言した。しかたがないというように、患者たちも腰を上げる。

「そうだ。浅倉先生は当番だって言ってたけど、先生もお祭り見に出てきなさいよ。颯太ちゃん連れて。明後日《あさって》はお休みなんでしょう?」

「ああ、そうですね」

誘われるのを嬉しく思いながら、敦希は頷いた。

「おう、そうだ敦希。おまえ時間があるときには道場に顔出せ。筋はいいんだから、今からでももう一段くらい取っておけ」

「段はともかく、稽古《けいこ》つけてもらいに行きます」

親しく交わされる言葉が嬉しい。

こんなふうになれたのも、浅倉が来てくれたからだと思う。

今の生活が、敦希にはなににも代え難く大切なものだった。

翌朝、浅倉は祭り装束に町内の揃いの半纏《はんてん》を着て、出て行った。

同じ地名を持つ町六つが集まって二日間行われる夏祭りは、下町に数ある祭りの中でも大きいほうだ。この祭りのために里帰りする者もいる。

目抜き通りから離れた病院前の通りも、心なしかふだんより人の行き来が多い。

しかし病院のほうは、ほとんど開店休業状態だった。もっともそれは、こちらから来院を控《ひか》えるように促したこともあるだろう。これだけ町中が賑わっていると、足元が不安な患者などは、通院途中での事故のほうが心配だった。

竹井たちにも午前中いっぱいで臨時休暇を与えて、敦希は颯太の面倒を見ながら家の中のことをして過ごす。

考えてみたら、浅倉と暮らし始めて以来、敦希はまともに家事をしていないような気がする。敦希が起きるよりも早く洗濯機は稼働しているし、たいていの朝、キッチンに立っている浅倉と顔を合わせる。

買い物は休憩時間などに食事を兼ねて連れだって行くこともあるが、夕食の支度も「おまえが作るよりうまいものができる」と、ほぼ浅倉の専任状態だ。

夏の日差しを浴びてからりと乾いた洗濯物を畳《たた》みながら、これでいいのだろうかと首を傾《かし》げてしまう。

同じ仕事をしているのだから、浅倉のほうが体力があるだろうということはともかく、同じように消耗《しょうもう》しているはずだ。それなのにどうして浅倉は、ここまで敦希を甘やかすのだろう。

やりたくてやってるんだよ、と言われても……。

颯太の小さなTシャツを手に、ため息が洩れた。

そばにいてくれればそれでいい。それで充分なのに、こんなに尽くされると、嬉しいだけでなく戸惑ったような気持ちになってしまう。

贅沢《ぜいたく》な言い分だというのも、わかっているのだけれど。

ふいに電話が鳴り響いた。

颯太が音のほうへとことこと進んでいく。

「あ、颯太くん待って。それは触れないから」

ソファ横のサイドテーブルに乗っていた子機を横から掴むと、一瞬颯太が不満げに眉《まゆ》を寄せて敦希を見上げる。

うわ……、頼むから泣くなよ。

「はい、松原です」

手を伸ばす颯太をあやしながら電話に出た。

『あ、先生。恭子です。すみません、いろいろと』

「恭子ちゃん！　無事ご主人に会えた？　どう？　具合は」

声が聞こえるのだろうか、受話器の向こうから「颯太……」と呟《つぶや》く声がした。

『ええ。おかげさまでなんとか。意識をなくしたのではなく、ショック状態になったようです。今はもう落ち着いてますけど』

「そう、よかった。で、その原因は聞いた？」

口伝えの情報が不確かなのはよくあることだ。しかしショック状態というのも気になる。

『アナフィラキシーだったそうです。ハチの』

「アナフィラキシー……そうだったのか」

喘息《ぜんそく》やじんましんなど、身体の一部に症状が現れるアレルギーの病気でなく、全身にアレルギー反応が起きることを、アナフィラキシーショックという。食物の摂取による場合と、ハチに刺された場合が多い。原因となるものを体内に取り込んですぐに、血圧低下や呼吸困難など重篤《じゅうとく》な症状が現れるので、迅速《じんそく》な処置が必要とされる。

昌志は木材を担当しているということだから、ハチに遭遇《そうぐう》することも多かっただろう。しかし、刺されてもなんらかの症状が出るのは二十パーセント程度、さらにショック状態にまで陥《おちい》るのは

二、三パーセントといわれている。不運なことだった。
『同行の現地の方が注射を持っていたので、それをその場ですぐ打ってもらったそうです』

エピネフリンだろう。最近は自己注射キットが出回っていると聞く。

「そう、それはよかった。しばらく経過を見ることになるだろうけど、病院にいればまずは安心だから。お大事にと伝えて」

『ありがとうございます。あの……颯太は……』

「ああ、元気にしてるよ。聞こえる？　電話に出たがってる。ちょっと待ってね」

子機を颯太の耳元に近づけてやると、呼びかける恭子の声に反応した。

「……マ……マン、マ……」

颯太のそばにしゃがんで、敦希は声をかける。

「そう。ママだよ」

「ママー……」

受話器から忍び泣く声がした。

「頼りないだろうけど、こちらのことはひとまず任せて。恭子ちゃんは昌志さんの看病をしてあげてね」

『はい。ご迷惑をおかけしますけど、よろしくお願いします』

母親を恋しがるかと思ったが、颯太はすぐに洗濯物のほうに興味を移し、畳み終わって重ねた山を崩《くず》して振り回している。

「こらこら、ああもう。せっかく畳んだのになあ」

電話を切った敦希は、颯太を膝の上に抱き上げた。なぜか嬌声《きょうせい》を上げて、敦希の胸にしがみついてくる。乳幼児特有のふわふわの髪の毛が、顎を擽る。

なんとなく颯太が不憫《ふびん》な気持ちになって、敦希はその小さな身体を抱きしめた。

翌日、敦希は昼寝を終えた颯太を連れて、祭り見物に出かけた。

初めのうちは、人混みといつもとは違う街の景色と賑やかな音に、繋《つな》いだ手をしっかりと握って敦希の足に身を寄せていたが、道に連なる露店にテレビアニメのキャラクターのお面を見かけたころから、目を輝かせて歩き出した。

「おや、先生。どこの子だい？」

「あ、こんにちは。風邪治りましたか？」

「おかげさまでこのとおり」

大学生の孫娘と連れだった和菓子屋の隠居と、顔を合わせた。元は花街の芸妓《げいぎ》だったそうで、いつも粋《いき》に和服を着こなしているが、今日は裾《すそ》に露草の柄をあしらった墨色の絽《ろ》をまとっている。孫娘は黒地に雪輪模様の浴衣《ゆかた》だ。生成《きな》りの帯が涼《すず》しげだった。

「おばあちゃんのお見立て？　きれいだ」

敦希が高校生のころ、幼稚園児だった彼女に妙に気に入られてしまい、和菓子屋の店先で制服の裾を握られて身動きが取れなくなったことがあった。

ときおりすれ違うことはあったけれど、改めてこうして見ると、月日の経《た》つのは早いものだと思う。

孫娘は照れたように頬を染め、「お名前は？」と颯太に話しかける。

「まだうまく喋れないんだ。颯太っていって、浅倉の従妹の子供。ちょっと事情があってしばらく預かってる」

「ああ、この子が。幸恵《さちえ》ちゃんから聞いたよ。大変だねえ」

幸恵ちゃんというのは、天ぷら屋の隠居だろうか。とにかく情報はずいぶんと広まっているらしい。

「ええ、まあ。そんな感じなんで、ご迷惑をかけることもあるかと思いますが、よろしくお願いします」

「もちろん、困ったときはお互いさまだよ。こう見えてあたしも三人の子を育ててるからね、なにかあったらいつでも言っとくれ」

颯太の頭を撫でる隠居に礼を言う。

「それにしても由梨恵《ゆりえ》、ほっとしただろう？　先生の子じゃなくて」

「やだ、おばあちゃん。なに言ってるのよ」

「は？」

焦《あせ》った様子で祖母の肩を叩く孫娘を見ながら、敦希は首を傾げた。

「この子の初恋は敦希ちゃんだからねえ。幼稚園児だったくせに、おませなこと。誰に似たんだか」

「おばあちゃんの若いころにそっくりって言われるもん！」

赤い顔で頬を膨らませる由梨恵に、さすがは年の功かさらりと躱《かわ》す。

「まあ、男を見る目はあたし譲りかもしれないね。なかなかいい目をしてるよ。どう、敦希ちゃん。うちの孫をもらってくれる気はないかい？」

「えっ……いや、こんなとこでいきなり言われても……」

今度は敦希が焦る番だ。

「あたしが言うのもなんだけど、器量もそう悪くないだろう？　それに今、栄養士の勉強してるしね。病院には管理栄養士ってのがいるそうじゃないの」

「それは大きな病院の話で、うちは入院設備もないし……って言うよりも、両寿堂《りょうじゅどう》さんならいくらでもご縁があるでしょう。なにも十歳以上年上の貧乏医者のとこなんか――」

「なに言ってるんだい！　松原医院はこの町の大切なお医者さんだよ。それにあたしだって、亭主とはひと回り以上離れてたよ」

敦希が返事に窮《きゅう》していると、痺《しび》れを切らしたらしい颯太が手を引っ張り始めた。

「ああ、話し込んじまった。ごめんね。お祭り見たいんだね」

「すみません。じゃあこれで――」

ほっとして歩き出そうとすると、最後に追い打ちをかけられる。

「一度考えてみておくれよ。なんだったら、この子の下にもうひとり娘がいるからさ」

「もうおばあちゃんたら、いい加減にしてよ。ごめんなさい、先生」

敦希は愛想笑いを返して、逃げるようにその場を離れた。

しかし、まさか町内から縁談を持ち込まれるとは思いもしなかった。というよりも、ゲイの敦希には、結婚という意識がまったくなかった。

考えてみれば三十を過ぎているのだし、傍目《はため》にはいつ所帯を持ってもおかしくないのだろう。

一応医師という仕事に就《つ》き、しかも実情はどうあれ開業医というのは、夫にするには悪くない選択肢なのだろうか。

けど、なんて言われても俺には無理だしな……。

偶然出会《でくわ》して世間話のついでに出たようなものだから、冗談なのかもしれないが。

颯太は居並ぶ露店に次々と興味を示したが、あいにく一歳児に買い与えられるものは少ない。

恭子に怒られるだろうかと思いながら、綿あめを買って、小さくちぎって口に入れてやったところ、ストレートな甘さが気に入ったらしく、もっとくれと口を開けてくる。

次第に人が増え、颯太が埋まってしまいそうになったので、抱き上げて歩いていく。

見知った顔は多く、声をかけられるたびに話し込んでしまうので、中心にある野外広場に設置された本部に着いたころには、二時間近くが経っていた。

テントの下、揃いの浴衣に紗《しゃ》の羽織を着た執行部の長老たちに混じって、目を引く長身の背中が見える。

敦希の胸がとくん、と音をたてた。

諸肌《もろはだ》を脱いで腹掛けだけになり、腰に半纏を巻きつけているところなど、なかなか堂に入ったものだ。同じような格好の男衆がたむろしているのにも関わらず、浅倉は群を抜いて目立っていた。

「あ、先生！」

濃紺の腹掛けに同色の長股引《ながまたひき》、かごめ小紋《こもん》の鯉口《こいくち》シャツを着たそば屋の子供の一馬《かずま》が、敦希に気づいて浅倉の横から手を振った。

浅倉が振り返る。ふだんよりも額を見せた顔は、衣装のせいかやけに男っぽく見えて、敦希の鼓動は速度を増していった。微笑まれて、近づく足も勝手に速まる。

「やあ、院長先生。浅倉先生には活躍してもらってますよ」

真《ま》っ直《す》ぐ浅倉の元へ向かおうとしていた敦希は、横から執行部の役員に缶ビールを手渡されて、足を止めた。

「あ、どうも。お疲れさまです」

浅倉のほうからそばに来て、さりげなく肩に手を置かれる。蒸し暑い外気の中、さらに高い体温を身近に感じて、敦希は高鳴りを抑えようとそっと息をついた。

「颯太、おいで。お、綿あめ買ってもらったのか」

敦希の腕から颯太を抱き上げた浅倉は、口周りがべたついた顔を押しつけられそうになって仰け反った。

「わー、可愛い！　浅倉先生の隠し子？」

「なに言ってんだよ。そんなわけないだろ」

「えー、でもちょっと似てない？」

祭り装束や浴衣姿の女の子たちが浅倉の周りに立って、颯太をあやしている。

「敦希、ウェットティッシュ持ってないか？　口の周りベタベタだ」

「ああ、ある」

「あ、私やります。先生はビール飲んでてください」

敦希が取り出したウェットティッシュを、女の子のひとりが手にした。

……これは、どう見ても……。

周囲には他にも男衆がいるというのに、浅倉の周りだけが異様に賑わっている。それは、颯太がいるからというわけではないのだろう。

「浅倉先生ね、御神輿担いだんだよ」

一馬に教えられて、敦希は驚いた。

「えっ……」

「いや、なかなかさまになってたよ。なんたってガタイがいいからね。あ、先生、ビール開けて。チューハイのほうがいいかい？」

「あ、いえ、これで」

「ま、ちょっと背が高すぎて、姿勢がつらそうだったけどな」

口々に浅倉の勇姿を伝えられ、ちょっと見てみたかったなと残念に思う。

それにしても半年少々の間に、浅倉はすっかりこの街に溶け込んでしまったようだ。

「もう、昨日から女の子たちが本部周りに群がっててねえ。一緒に写真撮らせてくれってひっきりなしだ」

「そう……ですか」

ちらりと浅倉のほうへ目を向けると、話どおりの状況になっている。

学生時代も浅倉に憧《あこが》れる女子は多かったが、あのころはあまり愛想のいい印象ではなかったから、実際に近づく女の子は少なかったように思う。

今のように気さくで朗《ほが》らかにしていれば、元から容姿は優れているのだから、人気があっても不思議はない。

「お疲れさまでーす。お弁当ここに置いておきますね」

仕出し屋の女将《おかみ》が、コンテナに入れた折り詰めを運んできた。

「あ、院長先生。こないだはどうも」

「こんばんは。その後、調子はいかがですか?」

「おかげさまで。あの湿布、効くわねえ。またもらっておこうかしら。あら、なあに? 浅倉先生は子連れなの?」

女の子の輪から抜け出してきた浅倉が、敦希の隣に立つ。

「俺の子じゃないですよ。なんだかなあ、みんな隠し子だとかなんとか」

ため息をつく浅倉に、女将はおかしそうに笑った。

「だって、このくらいの子がいたっておかしくない歳でしょう。浅倉先生ならもてるだろうから、どこかで二、三人こしらえてそうだわね」

執行部の役員たちも、どっと声を上げて笑う。

「やめてくださいよ。本気にされるじゃないですか」

「いやいや、先生。まだまだ身軽でいたいっていう気持ちもわかるけどね、結婚も悪かないもんだよ」

「そうそう。他人の子なんて抱いてないで、早く自分の子供を作るといい。我が子ってのは格別に可愛いもんだから」

長老たちに迫られて、浅倉は敦希にだけわかるようにこっそりと振り返って苦笑した。

そうか……そういうもんだよな……。

ちくちくと痛む胸を感じながら、敦希は缶ビールを口にする。

先ほど和菓子屋の隠居に自分のことを言われたときには、そんなことは起こりえないと気にも留めなかったけれど。

どうして……俺……。

足元から忍び寄ってくる、不安とも不快とも判断できない感情に戸惑う。周囲の誰もが笑顔で、祭りの賑わいに酔いしれているというのに、ひとりだけ取り残されてしまったような気持ちになった。

同い年の浅倉が同じように結婚を勧められるのは、当然のことだ。そして浅倉は敦希と違って、異性と恋愛できないわけではない。

自分と結ばれたことで、浅倉はふつうに結婚して家庭を持つという人生を諦《あきら》めなくてはならないのだ。浅倉がこんなふうに自分の子供を抱くことは——ない。

その負い目は常に敦希の心の奥を占めているものだったけれど、それがにわかに浮上してきた。

颯太の丸い頰に顔を近づけて、なにか話しかけている浅倉の姿が目に映る。

それでいいのだろうか。本当に浅倉は、敦希と暮らす人生を選んで後悔しないのだろうか。

最初は渋っていたものの、いざ預かれば、敦希よりもずっと甲斐甲斐《かいがい》しく颯太の面倒を見ている浅倉を見るにつけ、浅倉の人生から妻子を持つという選択肢を奪ってしまったことが、気になってしかたない。

「すいませーん、手当お願いしまーす」

膝や腕から血を流した若者が三人、ぞろぞろと付き添いを引きつれてやって来た。

「山車を回すときに転んじまって」

「はい、そこの椅子《いす》に座って。敦希、颯太を――いや、おまえも手伝ってくれ」

「あ、ああ」

「じゃあ颯太くんは私が抱っこしてます」

横から手を伸ばした浴衣姿の女の子に、「頼む」と颯太を預け、浅倉は救急箱を手にしてけが人の前にしゃがみ込んだ。

「擦り剝いただけ？　足首は？」

「いてっ、痛いっすー」

「軽い捻挫かな」

敦希は物思いを振りきって若者の腕を取り、傷口を洗い流して消毒液を吹きかける。

「センセ、染みるよー」

「我慢しなさい。シールの入れ墨が泣くよ」

それぞれの手当を終えて一息つくと、長老から「お疲れさま」とまたビールを手渡される。

「いや、俺はもう……」

「じゃ、持って帰るといい。いや、やっぱりお医者さんが待機してくれてると安心だね」

擦り傷切り傷程度の患者はたびたび訪れるらしく、救護班は重宝《ちょうほう》されているようだ。

町内の人間に感謝されるのが嬉しくて浅倉のほうを見た敦希は、目に映った光景に表情を強張《こわば》らせる。

浴衣姿の女の子から、浅倉の手に戻される颯太——その三人が、幸福な家族の姿に見えた。

「颯太くん、もういらないの?」

小さなおにぎりと軟らかく煮たポトフが載った皿は、半分も減っていない。しかし颯太はもう食事をする気はないようだ。

祭りの印象が強烈だったのだろうか、帰宅してからも興奮気味で、浅倉に露店で買ってもらったビニールのキャラクター人形を抱えて飛び跳ねていた。リズムを取るように声を上げていたのは、山車を引くかけ声を真似《まね》ていたのだろうか。

帰りたがらない颯太を抱き上げ、夕食を食べさせないと、と言って本部前から離れたのは、浅倉に群がる女の子たちを、あれ以上見ていたくなかったからかもしれない。

ただでさえもてる容姿だということはわかっている。同じような格好をした中にいれば、抜きん出て目を惹くだろう。

祭りで浮かれた女の子たちが言い寄っても無理はない。

……でも……嫌だ。

今さら浅倉を手放すなんて考えられない。

敦希はすでにもう、そのつらさを嫌というほど味わっている。虚《むな》しさに苛《さいな》まれ、恋しさに狂おしく心悶《もだ》えたあの日々を、再び繰り返す気力はない。

そんなことになったら、きっと敦希は生きていられない。

帰ろうとする敦希の後を追ってきた浅倉と、メインストリートが終わるまでの距離を共に歩いた。

「来年は一緒に見物に来よう」

そう言ってくれた浅倉の気持ちは本心なのだろう。

……変に考えすぎだ。ばかだな、俺。

周囲の状況がどうであれ、浅倉自身の態度に、彼の気持ちを疑うようなそぶりはまったくない。

それでも――胸に渦巻くもやもやとした不安は、消しようがなかった。

颯太と一緒に風呂に入り、和室に敷いた布団に揃って横たわって、その稚《いとけな》さに癒《いや》されるように微笑しながらも、気づけば敦希の心はこの場にいない浅倉へと向かってしまう。

ふいに颯太が泣き声を上げ、堂々巡《どうどうめぐ》りの思考から引き戻された。

寝かしつけ始めてから、すでに一時間近くが経とうとしている。寝付きはいいはずなのだが、やはりまだ興奮しているのだろうか。

「どうした？　眠れないのかな？」

颯太の髪を撫でてやった敦希は、すべすべの額が火照《ほて》っていることに気づいた。

「え……？」

熱がある……？

慌てて薬箱から体温計を取り出し、脇の下に挟む。同時にパジャマの前を開いて、発疹《ほっしん》などの目に見える症状がないかどうか確認した。

突発はもうやったって言ってたよな……。

突発性発疹という、高熱とその後の発疹が症状のウィルス性疾患《しっかん》がある。一歳前後に罹《かか》ることが多く、ほとんどが一度の罹患《りかん》で終わる。

ピピッと鳴った体温計の数値を見て、敦希は冷蔵庫へ走った。貼るタイプの冷却剤《れいきゃくざい》を颯太の額と、耳下と腋下と股関節部に接着する。颯太は冷たさにぐずり声を出したが、熱を下げるにはこの箇所が効果的だ。

喉の赤みもないし、風邪ではなさそうだから、おそらくは興奮からの発熱だろうけれど、これ以上熱が高くなるようなら、その影響を気にしなければならない。

颯太は丸い目に涙を浮かべて敦希を見つめ、何事か訴えている。小さな子が病《やまい》に苦しむのは、見ている側の胸が痛くなる。

「苦しいのか……？　ああもう、ごめんな。ママだったら、なにが言いたいのかわかるんだろうにな」

専門医ほどではなくても、医師として病気に対処することはできるが、子育てに関してはずぶの素人《しろうと》だ。その事実が敦希から冷静さを奪う。

母親だったら、こんなに熱が出る前になんらかの対処ができたのかもしれないと、子供用のスポーツ飲料を飲ませてやりながら思う。

いや、それは言いわけだ。医師の肩書きを持ちながら、颯太をこんな目に遭《あ》わせてしまったことを悔《く》やむべきだろう。

よけいなことに気を取られていたからだ……。

浅倉のことで頭がいっぱいになって、颯太の面倒を見るのも上の空だったから——。そうでなければ、もう少し早く気づいていただろう。

三十分ほどして、もう一度熱を測る。下がっていないようなら、解熱剤を飲ませたほうがいい。

「……上がってる……」

敦希は階下に駆け下り、念のためアレルギーの有無を確認するために颯太のカルテを見てから、薬を持ち出した。

嫌がる颯太を宥め賺《すか》して、ヨーグルトに混ぜた薬を飲ませて一息ついたところに、電話が鳴る。

『さっきはお疲れ。颯太はもう寝たか？』

「浅倉……」

そういえば、とうに祭りは終わった時間だった。片づけや打ち上げで、役員は毎年明け方近くまで身体が空かないと聞いていたから、まだ先は長いのだろうけれど。

『……どうした？』

敦希の声音《こわね》からなにかを感じ取ったのだろうか、浅倉の声から陽気さが消えた。同時に場所を移動したらしく、背後の喧噪《けんそう》が遠くなっていく。

「颯太くんが……熱を出して……」

『いつから？　どのくらいあるんだ？』

敦希は症状その他を説明した後で、謝罪した。

「ごめん……預かっていながらこんなことになって……」

『おまえのせいじゃないだろ。それよりなんで電話しなかったんだ』

なんと返したらいいのかわからず黙っていると、

『とにかく様子を見に行くから』

そう言って電話は切れた。

颯太の冷却シートを取り替えてやりながら、深いため息をつく。自分が情けなくて、やりきれない。

浅倉に連絡できなかったのは、看病に慌てふためいていたせいもある。

しかしそれ以上に、祭りでそれなりに楽しそうにやっている浅倉に、水を差したくないという気持ちもあった。

浅倉の行動を妨《さまた》げることは、できる限りしたくない。

好きにしていいから、なんでも言うことを聞くから、自分のそばから離れないでほしい――そんな卑屈《ひくつ》とも言える感情が、敦希の中にはある。

ものの十分ほどで静かに玄関のドアが開き、浅倉がそっと和室へ入ってきた。

「どうだ?」

「さっき解熱剤を飲ませた」

「昼まではふつうに食欲もあったんだよな?」

「ああ。昼寝から起きて、おやつも食べたし」

薬が効いてきたのか、うとうととしている颯太の身体をひととおり確かめてから、浅倉は頷いた。

「うん、特に心配な症状はなさそうだな。おまえが言うとおり、興奮してたんだろう。祭りは刺激が強すぎたか」

くすりと笑って、大きな手が敦希の肩を叩く。

自分以外の医師の意見を聞けたからというだけでなく、浅倉がそばにいることで、先ほどまでの不安が消えていくのを感じた。

「すまない……ついていながら、こんなことになって……」

「おまえのせいじゃないって、さっきも言っただろ。こっちこそ悪かったな、任せっきりで」

無言で首を振ると、肩に置かれていた手が敦希を抱き寄せる。

「浅倉……」

「汗臭いか?」

思わず押し返しかけた手を止める。

「そうじゃ……ない」

今、必要以上に触れたら、抑えられなくなりそうだった。昨日今日とこの身体に近づいた誰よりも近くに自分の場所を占めて、所有を主張したくなる。少なくとも今は、この男は自分のものなのだと確かめたくなる。

その一方で、相手の特定もできないような嫉妬《しっと》に駆られている自分に嫌気が差した。

複雑な想いに感情を持て余す敦希を、浅倉は問いつめることもなくじっと見つめていたが、やがてその指が敦希の顎を上向かせ、誘うようにゆっくりと唇を重ねてきた。

唇から伝わる熱と感触に、敦希の全身が浅倉を恋しがる。

かすかにアルコールの風味が残る舌に口中を掻き回され、敦希は酔わされていく。

「……ん、……んぁ……」

消極的だった腕が、いつの間にか浅倉の逞しい肩にすがっていた。抱き返す浅倉の手も敦希の背中を撫で、パジャマの裾から直《じか》に肌に触れてくる。

糸を引いて離れた唇が顎を柔らかく噛んで、喉に舌を滑らせた。

「あさ……くら…っ……」

喘ぐように洩れた声に、ふと浅倉の動きが止まり、敦希の胸元でため息をつく。

「……やばい。止まらなくなる」

肩を摑まれて身体を離され、そうだったと思いながらも、名残惜《なごり》しく感じている自分がいた。

「あ……熱測ってみる」

未練を振りきるように背中を向け、すっかり眠りに落ちたらしい颯太の脇の下に体温計を挟んだ。

「下がってきてる。だいじょうぶみたいだ」

「そうか。まったく人騒がせな奴だな」

苦笑した浅倉の横で、携帯電話が点滅しながら振動した。

「はい？　ああ、お疲れさま。……いや、もう戻らない」

祭りの役員からの電話だろうか。それにしては口調《くちょう》がフランクだが。

敦希は戻っていいと身振りで示したけれど、浅倉は首を振った。

朝方までつき合わされるのだろうと思っていたのに、今夜はもうここにいるのだろうか。少しほっとする。

「なに言ってんだよ。……はいはい。きみたちもほどほどにして帰りなさいよ。女の子なんだから。……はい、おやすみ」

小さな痛みを伴《ともな》って、腹の中をなにかが滑り落ちていったような気がした。

女の子……夕方見かけた誰かだろうか。なんの躊躇《ためら》いもなく浅倉の番号を聞き出して、電話をかけられる。浅倉を誘える。

「まったく……いくら祭りとはいっても、若い子が夜中まで出歩いてていいのかね」

電話の誘いを軽くいなした浅倉からは、どう見ても相手に関心がなさそうに見えるのに、敦希は悄然《しょうぜん》とする気持ちを抑えられずに唇を嚙んだ。

弱気になりながら、同時に強い嫉妬を覚えている自分が嫌だった。

「こっちはもうだいじょうぶだから……戻ってくれてかまわない。悪かったな。まだ途中なんだろう？」

思ってもいない強がりが口を衝《つ》いて出る。本当に浅倉が行ってしまったら、気が気ではないくせに。

「いや、どうせ朝まで飲み会だ。こっちは明日も仕事だからな、勘弁してもらう。それにひとり分でも酒が増えたほうが、向こうも喜ぶだろ」

やっと祭りも終わったな、と両腕を上げて伸びをする浅倉に、敦希はようやく心が落ち着いてくるのを感じた。

「……そうか？」

「家庭優先でいいってさ」

笑った浅倉に、しかし敦希は笑い返すことができなかった。

家庭――。

言葉のあやだということはわかっていたけれど、今の敦希にその二文字は重くのしかかってくる。

どれほど浅倉を愛していても、敦希には浅倉に本当の意味での家庭を与えることはできない。

それでいいのかと、もうひとりの自分が囁く。

優しい眼差しで颯太を見下ろす浅倉を、敦希は苦い思いで見つめた。

それでもおまえを離したくない俺を……おまえは許してくれるか……?


恭子が帰国したのは、それから三日後のことだった。

一週間ぶりに顔を合わせた母親に、颯太は初めきょとんとした顔を向けていたが、すぐに駆け寄って抱きついた。

恭子も小さな身体を包み込んで、顔といわず手といわず唇を押し当てている。

「マー……マーマ」

「颯太……会いたかった。留守にしてごめんね……」

ひとしきり親子の再会を見守っていると、ようやく恭子が顔を上げた。

「松原先生、哲さん、本当にありがとうございました」

「少しでも役に立てたならよかったよ。ご主人はもうだいじょうぶ?」

「ええ、おかげさまで。昨日退院して、もう仕事に出てます」

「注射キット、持たせてるか?」

食物なら口にしないことで回避できるが、ハチのように襲ってくるものには防衛策を講じるしかない。

できれば赴任を解いてほしいところだと浅倉はこぼしていたが、それは管轄《かんかつ》外の口出しだから、医療的な助言に留めているのだろう。

頷いた恭子は、心配そうに敦希と浅倉を見比べた。

「アナフィラキシーって聞いたことはあったし、颯太の離乳食が始まったころから、卵とかおそばとか、様子を見ながら食べさせてたんですけど、症状が出る確率は低いらしいから、それほど気にしてはいなかったんです。でも、今回のことがあってすごく心配になっちゃって……颯太もアレルギーを起こす可能性があるってこと？」

安心しきってべったりと母親に張りつく颯太を、恭子は守るように抱きかかえている。

「アレルギーに遺伝要因がないわけじゃないけど、それがすべてじゃないよ。特にご主人の場合、ハチに刺されてのアナフィラキシーだから、以前刺されたときに抗体ができたことが原因じゃないかな」

「ああ。たしかに喘息や食物アレルギーを持ってると、ハチでもアナフィラキシーを起こす可能性は高いんだけどな。検査どうだった？　抗体あったんだろ？」

恭子は狼狽《うろた》えながら首肯《しゅこう》した。

「ええ……でも、アレルギーのテストも陽性が多かったの。どうしよう……颯太にも遺伝してるのかな……」

食物アレルギーは、人口の一パーセント強と推測され、小児はそれよりも若干《じゃっかん》高いと思われる。

「心配なら検査はできるけど、年齢と共に変化もあるしね」

恭子が気にするのは無理もないことだが、あまり神経質になってもどうかと思う。

「今のところ気になる症状がないなら、気をつけながらなんでも食べさせてみればいいんじゃないか？　ピリピリして検査ばかりに頼るほうが、颯太の精神衛生によくないと俺は思うけどな」

浅倉は、医師としていささか楽観しすぎなのではないかと思うくらいの意見を口にする。

しかし病は気からという言葉があるとおり、心と身体が密接に関係していることもまた事実だった。

恭子自身の両親がすでに他界し、夫の昌志の親も遠く離れていることで、手探りの子育てなのだろう。我が子を大切に思うあまり、情報に振り回されてしまうのはしかたのないことだった。

「なにかあったら、すぐに言えばいい。俺たちで頼りなけりゃ、いくらでも大きな病院だって紹介してやるし。だからのびのびと子育てしてやれよ」

しかし浅倉の言葉が恭子の肩から重荷を下ろしたようで、照れたように微笑《わら》う。

「そうね。起こってもいないことでビクビクしてたら、つまんないわよね」

「そうそう。おふくろさんはどっしり構えてないと——おっと、電話だ」

ポケットの電話を取り出しながら、浅倉はキッチンのほうへ歩いていった。

「先生、今回は本当にお世話になりました」

改めて恭子が深々と頭を下げる。

「あ……ううん、たいしたことできなかったんだ。さっきも言ったけど、熱出させちゃったし。医者のくせに、慌てちゃった。なにしろ子育ては素人だから」

「ふふ、興奮しやすいんですよ、この子。お調子者なのかしら。驚かせてすみません」

「コンパ？　なに言ってんだよ。仕事終わってゆっくりしたいの。……こんなおじさん相手にしてないで、若い男子に声かければいいだろ」

浅倉のうんざりしたような声が聞こえて、恭子は肩をすくめて笑った。

「哲さん、やっぱりもてるんですね」

なんとも言えない苦い感情を押し隠して、敦希は頷く。

「まあね。条件は揃ってるんじゃないかな。特にお祭りで株を上げたみたい」

「でも、なんか私は怖いイメージしかなかったんですよね」

「怖い？」

首を傾げる恭子に聞き返した。

「それほど親しかったわけじゃないですけど、子供のころたまに会っても、無愛想って言うんじゃないけど、むだなことは喋らないし……」

「ああ、学生のころそんな感じだったかも。クールって言うか、来る者拒まず去る者追わずな感じ」

恭子は我が意を得たりというように手を叩いた。

「そうそう。だからここで再会したときに、ちょっとびっくりしちゃって。患者さんにもすごくフレンドリーだし、冗談は言うし……あれって営業用なんですか？」

思わず苦笑いをしてしまう。

「さあ、多少はそれもあるのかな。いちばんの目的は、患者の容体を聞き出しやすいようにってことだと思うけど」

「じゃあ、診療以外ではどうですか？」

さらに突っ込んでくる恭子にたじたじとなりながら、敦希は答えに迷った。

「どうって言われても……」

「私、明るい哲さん以上に不思議だったのが、松原先生とここで暮らしながら仕事をしてることだったんです」

「え……」

なにか勘づかれたのだろうかと、内心ぎくりとする。

「ロスの病院で働いてたでしょう？　なのにいつの間にか帰国したと思ったら、ここでお医者さんやってるし。こう言っては失礼ですけど、どうして他の病院に勤めなかったのかな、って――あ、私としてはここにいてくれて本当に心強いんですよ？」

「わかってるよ」

「浅倉の伯母《おば》さんなんかは、あの子は言い出したら聞かないからって気にしてないみたいですけど、他の親戚《しんせき》が、ロスでなにか失敗したんじゃないかとか、それで大きい病院へは勤められないんじゃないかとか、言ってて……」

そういった事情を浅倉から聞いたことがなかった敦希は、焦りながら首を振った。

「そんなことないよ。浅倉がここに来てくれたのは……たぶん、俺が頼りなかったから。病院もかなり傾いてたしね。友達のよしみで助けてくれてるんだと思う。だからきっとそのうち、大きい病院でまたバリバリ頑張ると思うよ」

そう言った敦希の頭を、大きな手が叩いた。

「なに勝手なこと言ってるんだ、おまえは」

いつの間に電話が終わったのか、戻ってきていた浅倉が、仏頂面《ぶっちょうづら》で隣に座る。慌てる敦希をじろりと見て、恭子に視線を移した。

「おまえもこそこそ聞き出すようなことしないで、俺に訊けばいいだろ」

にこやかな仮面が脱げ落ちて、まさに敦希と恭子が知る過去の浅倉が顔を出している。微妙な雰囲気を感じ取ったのか、恭子のそばでおもちゃを振り回していた颯太までもが、べそをかきながら様子を窺《うかが》っていた。

「それで？　なにが訊きたい？　俺がなんでここにいるか、か？」

「浅倉、どうしたんだ。べつになにも――」

「なにも？　俺を追い出す気なんじゃないのか？」

「そんなんじゃ……」

浅倉の怒りを含んだような低い声に狼狽えながらも、恭子の前でなにを言い出すのかと気が気ではない。

そうだ。自分と浅倉との関係は、こんなふうに隠しておかなければならないものなのだ。

ふつうの女の子となら人目を憚《はばか》らずにつき合えるし、スムーズに結婚という形に移行できるだろう。そして、健全な家庭を築くことができる。

この関係が知られたら、きっとほとんどの人間が難色を示す。

敦希はかまわない。そういう質なのは事実だから、どんな目で見られようとしかたがないと思っている。

しかし、そこに浅倉を巻き込んでいいはずがない。

狼狽える敦希を前に、浅倉は眉間《みけん》の縦《たて》じわを解いて、なぜかふっと微笑った。

……なに……？

「恭子――」

静かな眼差しに戻って、颯太にしがみつかれている恭子に視線を移す。

「俺は、敦希のそばにいたいからここにいる」

「浅倉……！」

声を上げた敦希を無視して、さらに言葉を続けた。

「ここで働いてるのは、ここが病院で俺が医者だからだ。いちばんの目的は、こいつのそばにいること――それだけだ」

浅倉はなにを言っているのだろう。

脈がこめかみをガンガンと打ちつけて、浅倉の声が遠くなりそうだった。

恭子は？　恭子はどうしている。浅倉の言葉に、どんな反応を示している？

強張った身体で目だけをそっと動かすと、双眸《そうぼう》を見開いている恭子が見えた。

気づかれた……？　ああ、もう。どうしてこんなことを……。

一気に噴き出た汗がエアコンで冷やされ、震えそうだ。

「哲さん……」

「もっと詳しい説明が必要か？」

恭子が浅倉を凝視《ぎょうし》する沈黙が続く。敦希は息苦しさで、思わず胸に拳を押しつけた。

「……いいえ」

そっと首を振った恭子は、ぎこちなく微笑んだ。

「ごめんなさい、ちょっとびっくりしてる……でもこれは、哲さんが私に話してくれたことに驚いたの」

恭子は敦希に顔を向け、心配そうに首を傾げる。

「先生、顔が青いわ。だいじょうぶですか？」

「あ……うん……」

恭子は本当にわかっているのだろうか。態度に今までと違うところは見えないけれど、簡単に納得できることではない。

「恭子、悪いけど今日はもう帰ってくれないか」

浅倉の言葉に恭子は頷いて、颯太を抱きながら立ち上がった。

「あ、そうね。ごめんなさい、長居して」

「荷物は必要なものだけ持っていけ。明日運んでやるから」

「すみません、お願いします」

何事もなかったように会話するふたりを、敦希はどうしたらいいのかわからずに、ただ見上げていた。

否定したほうがいいのだろうか。でも、完全にタイミングを逸《いっ》してしまった今さら、なにを言っても覆《くつがえ》せない気もした。

どうしよう……。

「先生、本当にありがとうございました。また改めてお礼に伺《うかが》います」

「ああ……気をつけて」

機械のようにぎくしゃくした声しか出てこない。

「ほら、颯太。先生にバイバイして」

恭子の腕に抱かれた颯太が、敦希に向かって両手を伸ばした。

「アー……」

思わず立ち上がって、その小さな手に触れそうになったが、一瞬躊躇って恭子に訊ねた。

「……いい？」

「やだ、なに言ってるんですか。もちろんですよ。先生——」

恭子は敦希をじっと見つめる。

「私ね、先生と哲さんが恋人同士だろうと、それが特殊なことだとは思いません。どちらも信頼できる人だから、そのふたりが惹かれ合って結んだ繋がりなら、きっとすてきなものだと思います」

「…………」

「だから、なにも気にしないでください。私たちと今までどおりに、おつき合いしてください」

思いがけない言葉に、敦希は声も出なかった。

胸が苦しくなって、唇が震えそうになり、それを隠すために俯《うつむ》いて颯太の手を握る。

「……またね」

掠れ声で囁くと、颯太は敦希のほうに移ってこようとして身を捩らせた。

「アッキー、ヤー……ヤー！」

「もう、颯太。危ないでしょ。すみません、先生。抱っこしてやってもらえますか」

温かく心地《ここち》よい重みが腕の中に収まる。柔らかな髪の毛が、敦希の喉元を擽った。無条件の愛しさが込み上げてくる。

これまでささくれ立っていた心が、優しく潤《うるお》わされていくようだった。

背後から近づいた浅倉が、敦希の腕の中の颯太を覗《のぞ》き込む。

「血の繋がった俺よりも懐《なつ》いてるな」

「そりゃあ、哲さんよりは松原先生のほうが子供受けすると思うわ」

「俺のほうが、おむつ取り替えてやった回数は多いはずなんだけどな」

浅倉と恭子の会話を聞きながら、敦希は颯太にそっと話しかけた。

「楽しかったよ。また遊びにおいで」


「さあ、話してもらおうか」

浴室から出てくると、先に風呂を使った浅倉が、寝室のベッドで待ちかまえていた。いつものようにミネラルウォーターのグラスを手渡してくれるが、その目はごまかしは許さないと告げている。

「どうして恭子に、そのうち俺がここを出て行くだろうなんて言おうとした？　いや、祭りを見に来たときから、おまえなんだかおかしいぞ。俺はもうおまえを放さないって……ずっとここで一緒に暮らしていくって、言ったよな？」

「そう……だけど……」

隣に座った敦希は、タオルで髪を拭いながら俯いた。

「だけど？」

本当にそれでいいのか。浅倉に後悔させない人生を送らせることができるのか。

敦希の脳裏に、祭りで颯太を抱き上げていた浅倉の姿が浮かんだ。顔は定かでなかったけれど、浴衣姿で寄り添うように立つ女性の姿も。

「……子供……欲しくないのか？」

「いきなりなんだ。跡継ぎの話か？」

「そうじゃない。おまえは……ふつうに結婚して、自分の子供が欲しくないのか？」

それだけではない。恭子にこの関係を知られてしまった。もちろん自分は気にしていないからといって、恭子が誰彼かまわず言いふらすとは思っていない。

むしろ敦希が心配なのは、誰に自分たちの関係を知られようとかまわないと思っていそうな、浅倉の態度だった。

浅倉は本当にそれでいいのか。そして愛する人にそんな道を選ばせて、自分は後悔しないのか。

浅倉の目が細められ、敦希を凝視する。

沈黙が居たたまれない。

もし欲しいと答えられたら、自分はどうするつもりなのだろう。

そんな話は聞きたくないのに、浅倉に肯定してほしくないのに、訊かずにはいられないこの矛《む》盾《じゅん》。

間が持たなくて、水を飲み干した。浅倉の手がグラスを取り上げる。

「今さらそんなことを言われるとは思わなかったな……いや、様子が変だったのは、やっぱりそういうわけか」

ため息のように呟いて、浅倉は敦希の湿った髪を撫でた。

「おまえと生きていきたい、一生そばにいるって、言っただろ？　俺が信用できない？」

「そうじゃない」

敦希は慌てて首を振った。しかしうまく説明できない。

「おまえが信じられないんじゃなくて……ずっと一緒にいてくれるっていうのが……」

「それはけっきょく、俺が信じられないってことじゃないのか？」

「…………」

返答に窮する。

項垂《うなだ》れる敦希の背中を、大きな手が撫で下ろしていく。

浅倉が納得するような説明は、できそうにない。けれどこのまま黙《だん》まりを続けても、解放してくれそうになかった。

「……浅倉は――」

パジャマの膝を両手で摑む。

「颯太くんを抱いてる浅倉は、すごく楽しそうだった……そんな姿が似合ってるとも思った。祭りのときはそばに女の子もいて……俺とこうしてなかったら、ふつうに家庭を持ってたんだろうな……って……」

脳裏に蘇《よみがえ》った光景は、ありふれているのかもしれないが、とても自然なものに見えた。本来浅倉は、そんな生活を送っていたはずなのだと思わせた。

「俺には、おまえの家庭も子供も作れない。そんな人生を、後悔してほしくない。今なら……ふつうの人生が取り戻せ――」

「そんな話は、もうとっくに片がついたと思ってた」

「浅倉……」

肩を摑まれ、浅倉のほうを向かされる。

「わからないか？　おまえが今言ってるようなことは、全部考え尽くした。その上でおまえを選んだから、戻ってきたんだ」

眦《まなじり》の上がった強い光を放つ目が、じっと敦希を見つめる。

「いや……おまえから離れられないから、戻ってきてしまった。おまえといることで得るもの、失うもの……そんなのは全部納得ずくだ」

どうしてそう言いきれるのだろう。今はたしかにそう思っているのかもしれないが、この先後悔することがないと言えるだろうか。

自分を選んだことを、浅倉に悔やんでほしくない。

「……今はそうでも、変わらない気持ちなんてあるのか……？」

浅倉は肩をすくめた。

「ある。俺は変わらない。でも、今の俺がどう答えても、納得しないだろ？」

そのとおりかもしれないと、敦希は俯いた。

肯定されても敦希にはその根拠が見えないし、否定されればこの関係の終焉《しゅうえん》だ。

「だからおまえは、一緒に生きて見ていくしかない」

はっとして顔を上げる。浅倉はかすかに微笑っていた。

「俺がおまえを愛し続けていくさまを、ずっと確かめていけばいい。いや、確かめていってほしい」

「………」

「もし俺の気持ちが感じられなくなったら、そのときは愚かな奴だと嘲《あざけ》って罵《ののし》ればいいんだ。おまえは愛されるに足る人間で、それができない相手なら、それはそいつが悪い。おまえにはなんの落ち度もないし、ましてや責任もない」

唇が震えてくる。

信じられないのは、自分だった。愛され続ける自信がなくて、浅倉の気持ちを疑った。浅倉はこんなにも敦希に気持ちを示してくれているのに。

そんな心中を察したように、浅倉は敦希がいちばん欲しい言葉を囁いた。

「愛してる」

「浅倉……」

切なくて愛しくて、胸が痛む。同時に、浅倉に対するその狂いそうな恋心を、しっかりと受け止められて、さらに心ごと全身を優しさで包まれていくのを感じた。

この気持ちは一方通行ではない。敦希はたしかに恋をしている、この男と。

「不安になるのは、おまえのせいじゃない。だから少しでも気になったら、いつでも言え。この身体いっぱいにおまえへの愛が詰まってることを、いくらだって見せてやる。おまえが望むままを口にすればいい」

敦希を映す瞳の奥から、熱く溢れてくるものが見える。

肩にかけられた手からも、体温と共に流れ込んでくる。

敦希はぎこちない震え声で告げた。

「おまえが……欲しいんだ……」

Tシャツの厚い胸に顔を埋《うず》めると、自分の吐息の熱が返ってくる。

「浅倉が欲しい……」

誰よりも――いや、浅倉だけを愛しているというこの気持ちが、その胸に染み込んでくれればいいと願いながら囁いた。

背中をきつく抱かれ、息が詰まりそうな苦しさに陶酔する。このまま窒息《ちっそく》しても幸せだろうと思う。

湿った髪で冷えた耳朶に、熱い吐息が吹きかかった。

「もう、とっくにおまえのものだ」

顔を上げ、間近から見つめ返している浅倉の頬を両手で包む。シャープな輪郭《りんかく》をそっと撫でると、かすかにひげの感触がした。

腕を首に回し、唇を近づける。隙間で吐息が混ざり合う。その熱に惹かれて、敦希は自分からキスをした。

慣れ親しんだ感触。そして、敦希が唯一知る唇の感触――これ以外は欲しくない。

重なった唇の隙間で、舌が触れ合う。求めていながらもどこか躊躇ってしまう敦希を促すように、浅倉の舌が絡みつく。

「……ん…っ……」

抱き合ったまま引き寄せられ、敦希は浅倉の身体に乗り上げるようにして、ベッドに倒れ込んだ。

弾みで一度離れた唇が、後頭部を抱えられてまた触れ合う。下唇を噛まれて、甘い痛みが疼《うず》きのように走り抜ける。

希求に駆られて、浅倉の舌を探しに、口中へと舌を差し入れた。熱い粘膜を舐め回し、唾液を啜《すす》る。

喉奥で見つけた感触を、誘うように自分の舌で擦る。

「んぅ……っ」

突然強く吸われて、その心地よさに背中が波打った。浅倉の腕にそれを押さえつけられ、密着した下肢に堅い熱を感じて欲情する。

片手を伸ばしてそれに触れると、浅倉は喉奥で低く声を洩らした。

薄いスウェット生地越しに形をなぞっているものが、いっそう逞しさを増していく。自分を欲してくれることが嬉しい。

唇を解いて、頬をTシャツの胸に滑らせながら、パンツのウエストに手をかける。

「敦希……」

頼もしい鼓動を響かせる胸板を過ぎて、堅い腹筋の隆起《りゅうき》を感じながら頭を下げていく。

下着ごとずり下げた着衣の縁から、屹立が顔を覗かせていた。

「……したい……」

囁きの吐息を感じたように、ぴくりと揺れたものを手に取って、唇を近づける。

「……う……」

かすかな呻きを聞きながら、先端を口に含む。張り出した亀頭に舌を絡ませ、なめらかな感触を味わう。

しばらく身を任せるようにじっとしていた浅倉が、

「……反則だ」

ふいに敦希の頭を上げさせた。口端を伝った唾液を指先で拭い、苦笑を浮かべる。

「俺だってこの一週間、おまえに触るのを我慢してた」

「あ……っ」

手も使わずに腹筋の力で上体を起こした浅倉に、敦希は身体を逆さまに引き寄せられた。果実の皮を剥くようにするりとパジャマのズボンを引き下ろされ、一気に足から抜かれる。その状態で、再び仰向けになった浅倉の身体を跨《また》がされた。

「浅倉……っ、こんな……」

浅倉を口淫《こういん》しながら自分も感じていた敦希は、すっかり勃起《ぼっき》している。それを浅倉の眼前に晒し、さらにその奥まで覗かれてしまう体勢に、身体が逃げようとする。

「今さら恥ずかしがるな。おまえの身体は全部知ってる。そうだろう?」

「あ…っ……」

腰骨のあたりを撫でられて、ビクビクと震えた。

手はそのまま背中を滑り、パジャマの上衣をたくし上げていく。一緒に身体をずり上げようとすれば、腰をがっちりと摑まえられた。

「浅倉……っ」

「だめ。もっと腰落として」

力を込められて、背中が撓《たわ》む。股間に浅倉の吐息を感じ、その距離の近さに性器がひくんと揺れた。

「……っあ、う……」

先端を舐められ、それだけで力が抜けそうになる。実際腕が崩れて、胸が浅倉の腹に着いた。

鼻先に浅倉の怒張がある。続きを促されたわけではないけれど、敦希はそれに向かって舌先を伸ばした。

先ほどよりもまた大きさを増したような浅倉の性器を口にしたとたん、

「ふ、あ……」

すぐさまお返しのように濃厚な愛撫を施《ほどこ》されて、ただでさえ拙《つたな》い舌づかいが覚束なくなる。

器用に動く舌は敦希の官能を知り尽くしていて、甘く酔わせるのも激しく攻め立てるのも自在だった。

ただ咥《くわ》えるばかりになってしまいがちな敦希は、奪われそうになる意識を引き戻して、与えられる動きをトレースする。

施す愛撫と与えられる快感に浸り、無意識に腰を揺らしていた。

「……っふ、……」

双珠を含まれ、舌先で柔らかく転がされて、内腿が震える。その先をねだって、知らぬ間に腰が下がる。

さらに奥へと舌は滑り、開ききった狭間の窄《すぼ》まりへと辿《たど》り着く。

「あぅ……」

浅倉の屹立を横から舐めていた敦希は、唇を離して喘いだ。擽られるように突かれて、後孔までが喘ぐようにヒクつく。

「あさ、くら……あ……」

「気持ちいい……？」

今は放置されている性器から露が溢れ、糸を引いて浅倉の胸に垂れる。

「い……い」

「そうみたいだな。こんなに濡らしてる」

ぬるつく先端を指の腹で撫でられて、敦希は身を捩った。

「あ……っ、だ、だめ……だ……」

「なんで?」

「……我慢……できなく、なる……」

低い笑いがかすかに聞こえる。

唾液をまぶされ、舌で丹念に解され、従順になっていったそこに、浅倉の指が慎重に忍んできた。

「ああ…っ……」

長い指に貫かれて、小刻《こきざ》みに震える。

「可愛いな。ヒクヒクしてる」

指を咥えているさまを間近から見られているのだと思ったら、羞恥と興奮でますます昂ぶってきた。

指と後孔の境目を舌が這う。浸透する唾液に助けられて、指がゆっくりと出入りする。

「あ、あ……あう……あさ、くら……」

内壁を擦られ、浅倉の指を締めつけてしまう。もっと感じさせてほしくて、焦れたように腰がうねる。

「もっと、してほしい……？」

こくこくと頷くと、指がそっと抜け出していった。芯を抜かれたように、敦希の身体から力が抜け、浅倉の上に崩れる。

浅倉は身を起こして衣服を脱ぎ捨てると、背後から敦希の腰を摑んだ。

「膝立てて……腕も」

這わされた尻のあたりに怒張を押しつけられ、敦希は戦く。まだこれを受け入れるには、準備が不足している気がする。

「心配するな。まだ挿《い》れない」

浅倉は敦希を背中から抱くようにして、パジャマのボタンを外し始めた。袖を通しただけの上衣を捲《まく》り上げられ、布が敦希の頭を覆う。視界が遮《さえぎ》られて戸惑っていると、背中に濡れた感触が走った。

「あ……っ」

舌で線を描くように舐め上げられている。

同時に胸に回った手に乳首を捕らえられた。柔らかな粒の感触を愉《たの》しむように何度か撫でられてから、指でつまんで擦り合わされる。

ぞくぞくとした疼きが這い上がってきて、敦希は布を被った頭を振った。

「や…、あ……」

「嘘をつくな。弄《いじ》られるといい声を出すくせに。ほら……もう堅くなってきた」

愛撫に反応して勃ち上がった乳首を爪で弾かれ、敦希の喉から甘い声が洩れる。

放置され続けている性器が、涎《よだれ》を垂らすように先走りをこぼしていた。

「そ…こはもう、いい……から……」

「いいから？」

パジャマの下で唇を噛む。浅ましいと思うけれど、せっぱ詰まっていた。

「……いかせて……さわ、って……」

ふいに頭から布が取り払われる。思わず背後を振り返ると、意外なほど近くで浅倉が見返していた。

羞恥に頬が熱くなる。

「おまえを不安にさせたなら、まだ俺の愛が足りないってことだろ？」

「浅倉……？」

浅倉は伸び上がって敦希の頬を舐めた。密着した下肢で、開いた脚の間を浅倉の屹立にぐっと押される。

「うあ……っ」

「これから存分に教えてやる。最後までつき合ってもらうからな、まだいかせてやれない」

「そん、な……あっ……」

身体を起こした浅倉は、敦希の双丘にローションを滴《したた》らせた。ひやりとした感触は火照った肌に心地いいほどだったが、次々と落ちてくるおびただしい量に驚く。太腿や背中にまで流れ伝って、むず痒《がゆ》さを発する。

ローションを伸ばすように浅倉の手のひらが尻から背中、そして胸を撫で回す。ぬるぬると肌を滑る感触に、身体が喘ぐ。

「あ、あぅ……ん、あ……」

腰を高く掲げて閉じさせられた脚の間に怒張が滑り込んできて、息を呑《の》んだ。粘液にまみれた狭間を、熱く堅いものが行き来する。それがいつも自分にどんな快楽をもたらすか知っているから、与えられない刺激に身体が焦れた。

後孔から双珠の間を何度も滑り、張り出した先端に緊張したふたつの膨らみを、そしてときおり敦希自身の性器まで突かれ、懊悩する。

もっと感じさせてほしいと、いつも浅倉を受け止める孔が訴えるように疼く。きっと浅倉の目には、淫らに収縮する後孔が映っていることだろう。

「あ…っ……」

指先が窄まりに触れた。ヒクヒクと蠢《うごめ》く孔を宥めるように撫で、ゆっくりと挿入してくる。

「あー……」

背中まで震える。

性器の先から、また滴がこぼれた気がした。

敦希は内部からの刺激で絶頂を得ようと、指を食い締めて腰を揺らす。しかし浅倉は敦希が感じる場所に擦りつけようとすると、微妙に指をずらした。

「そんなに腰を振るな。こっちが……いっちまう……」

敦希の動きが腿の間に挟んだ浅倉を煽ることにもなったようだが、欲望に囚われた身体は止まらない。

「……っ、くそ……」

浅倉は片手で敦希の腰を摑み、自分の腰を打ちつけた。いつもの動きなのに、感じるものが違う。狭間を行き来する昂ぶりが膨れ、背後から聞こえる浅倉の息が荒くなる。

「あ……っ」

熱い迸《ほとばし》りが敦希の下肢を濡らした。

敦希を置いてきぼりにして、ひとり達した浅倉に憤《いきどお》る気持ちは、不思議となかった。自分の身体が浅倉を悦《よろこ》ばせることができるのだという、誇らしさは感じたけれど。

浅倉は深い息をついて、敦希に差し入れたままだった指を引き抜いた。向かい合わせに膝の上に抱き上げられ、袖が残っていたパジャマを脱がされる。

戸惑いと欲情の色を浮かべる敦希の唇に軽くくちづけ、浅倉は苦笑した。

「まったく……自分でがっついてちゃ、話にならないな」

膝立ちにさせられて、両手を浅倉の肩に回させられる。

「でもまあ、これで多少は落ち着いた。じっくり相手ができる」

「あ……」

抱き寄せた敦希の胸に、舌が伸びる。興奮に尖ったままの乳首を舌が掬い上げ、擽るように上下する。乳暈《にゅううん》ごと含まれて吸われ、敦希は仰け反りながら下腹を浅倉の腹筋に擦りつけた。

「そっちはだめ」

戒《いまし》めのように軽く嚙まれて、声を上げる。

解放を望む性器は、浅倉の手で追い払われた。

「や……っ、だって……いきたい……」

「まだだって言ったろ？　触ってやるから」

腫れたように膨れ上がった乳首を舐めねぶりながら、浅倉の指が敦希の下肢に絡む。先端をつまみ上げるように撫でられて喘いだ。それはたしかに快感だったけれど、早く達したいと願う身体にはもの足りなく、これだけではいけないこともわかっていた。

「あ、あう……あさ…くら…っ……」

「そんな声出すなよ」

浅倉は敦希の胸に顔を擦りつける。髪の感触にさえ肌が疼いた。

「だ…って、……おまえが……苛《いじ》め…る……」

もどかしくて、切なくて、どうしたらいいのかわからない。ただ浅倉の頭を胸にぎゅっと掻き抱いた。

「苛めるって……違うだろ」

苦笑混じりの籠《こ》もった声が、身体に直接響いてくる。

「いつも俺が好き勝手しちまうから、今日はおまえを嫌ってほど感じさせるって言ってんだよ」

「そんな、の……」

かぶりを振る敦希の背後に手が回され、双丘の狭間に指先がかかった。ローションに濡れる窄まりを探られて、前がピクリと震える。

「いくなよ?」

性器の根元を指で縛められる。敦希は逃れようと身を捩るが、びくともしない。

「いや…っ……あ、あ……」

二本の指が後孔に押し入ってきて、その圧迫感に上体が仰け反った。熟した身体はすぐに快感を覚え、内壁が指に絡みつくように蠢く。

もっと感じたい。貪《むさぼ》って一気に弾けたい——そう思うのに、浅倉の指は緩慢《かんまん》に中を撫でる動きを繰り返すだけだ。

「あさ……、浅倉……っ、もっと……や…だ、も……っ」

とろ火で焙《あぶ》られるような刺激に身悶える。塞《せ》き止められた性器から、たらたらと露が溢れ続ける。

浅倉は背を丸めて、敦希の昂ぶりに舌を伸ばした。

「う、あ……っ」

こぼれる蜜を舐め取られる端から、新しく溢れてくる。

いつもの嵐に巻き込まれるような激しい快楽ではないのに、重苦しいほどの熱に焦らされて狂いそうだった。

上体を支えきれず、浅倉の背中にすがりつくと、突き出す格好になった腰の奥を、指に掻き回される。

止めようもなく声が洩れた。

茎を舐め上げた浅倉が顔を上げる。

「いいか？」

「いい……っ、から……お願い、だから……」

いかせてくれ、と――涙に掠れる声で言葉を紡《つむ》いだ。

指が後孔から抜かれ、性器の縛めも解かれる。安堵の息をつきながらも、ガクガクと全身が震えていた。

シーツに横たえられ、濡れた頬を拭っていると、浅倉が苦笑を浮かべて見下ろしてきた。

「これも自分勝手だったか？」

「……極端なんだよ、おまえは……今まで俺が、文句を言ったことがあったか？」

荒い息の合間から訴える敦希に、浅倉はくすりと小さく笑みを洩らして、触れるだけのキスをした。

「じゃあ、おまえの言うとおりにする。どうすればいい？」

テンポを緩めた鼓動が、浅倉の視線を浴びているうちに、また速まりそうになる。身体の奥の疼きも強くなったような気がした。

「敦希……？」

おずおずと膝を立て、浅倉の肩を引き寄せる。

「……挿れて……」

敦希の片脚を抱えて、浅倉が迫ってきた。さんざん焦らされて蕩《とろ》けきった場所に、熱い塊が押し当てられる。

「あぅ……っ」

満たされる心地よさ。単純な肉の交わりだけではないと思う。そこから伝わってくるものが、たしかにある。

陰毛の感触を感じるほど深く穿たれて、深く息をつきながら浅倉を見上げた。

「それから……？」

なにかをこらえているような、眉をひそめた顔。それは、きっと——。

「俺以外に、そんな顔見せるな」

「するわけないだろ」

「なら、動いていい。……動いて……」

腰を押しつけられたまま円を描くように掻き回されて、息を詰めてなお声が洩れた。肌が粟立《あわだ》っていくのは、快感のせいだ。

「あ……浅倉…っ……」

首に回した腕で浅倉を引き寄せ、触れた耳朶に舌を這わせる。

「もっと……?」

「……んっ、……も、と……」

緩やかで大きな動きに合わせて、敦希も腰を揺らす。自分から感じる場所に擦りつけて、その快楽に酔う。

もっと欲しい。もっと感じたい。

「つい……突いて……」

ずるりと内壁を擦りながら動いていくものに、自分の中が追いすがるのを感じた。

ギリギリまで退いた浅倉が、一気に押し入ってくる。腰が浮くほど貫かれて、総毛立つ。

抽挿はたちまち速度を増し、敦希は走り抜ける快感に息もつけない。

「……悪い、敦希――」

眇《すが》めた目で見上げると、歯を食いしばるように唇を引き結んだ浅倉がいた。

「我慢できない……」

「いい、よ……好きにして……いい……」

本当はそれこそが自分の喜びだと、知っている。

それでも浅倉は敦希のことを思ってか、滴を溢れさせて揺れる性器に指を絡めてきた。それを敦希はそっと払う。

「いい。おまえを感じたいから……感じさせて……」

敦希の中で浅倉が脈打つ。それが敦希を昂ぶらせる。

「敦希……好きだ……」

「あ……うっ……」

激しい動きに翻弄《ほんろう》される。頭の中まで揺さぶられて、なにも考えられなくなる。

いや、浅倉のことだけだ。今こうして触れ合っている、この男がすべてだ。

誰にも渡さない。そのためならなんだってする。

「敦希……っ」

胸に着きそうなほど両脚を折りたたまれ、これ以上ないくらいに深い律動を刻まれる。

ヒクヒク震えているのは自分の性器なのか、受け入れている場所なのか、それとも全身なのか、それさえ曖昧《あいまい》で摑めない。

「……あさ…っ……あ、もう……」

限界だと伝わっただろうか。いっそう大きくなる動きに、ただ必死にしがみつく。

浅倉の首筋に顔を押しつけて、その匂いを吸い込みながら堅く目を閉じる。渦巻く熱が、腰の奥から湧《わ》き上がってくる。

「あ……ああっ……――」

射精の感覚よりも強く感じたのは、自分が体内の浅倉を強く締めつけていることだった。この絶頂を伝えている、与えられた快楽に噎《むせ》ぶ身体を体感させている――それは恥ずかしくもあったけれど、ひどく心昂ぶることでもあった。

「……っ……」

低い呻きと、絡みつく内壁を押し返すような浅倉の怒張の脈動が、今度は敦希に返ってくる。そして奥深くに、熱を叩きつけるように浴びせられる感覚。すでに達していたのに、また震えるような衝動に襲われて、浅倉にしがみつく。

汗に濡れた身体で堅く抱き合いながら、互いの胸を叩き合う心音と、荒い息を分かち合う。

――愛している。この想いは、誰にも負けない。

「恭子ちゃんに――」

ようやく汗が引いた身体を寄せ合い、敦希はベッドサイドの明かりを見つめながら呟いた。

「あんなこと言ってよかったのか？」

恭子の返答からも、敦希と浅倉の関係に気づいたことは明らかだった。

「本当のことだろ?」

「そうだけど……」

誰に対してもすべてをクリアにする必要はないと、敦希は思う。ましてや自分たちの関係は、誰もが手放しで喜ぶことではない。むしろ眉をひそめることのほうが多いはずだ。

しかし浅倉はさして気にしている様子もなく、敦希の肩に手をかけて胸の中へ抱き寄せる。

「誰彼かまわず言いふらす気はないさ。おまえにも影響のあることだからな。けど俺自身は、この気持ちを誰にも憚る気はないんだと、知っておいてくれ」

「浅倉……」

胸の奥が痛く、それでいてぽうっと温かくなる。

「全部乗り越えたって、言ったろう? ひとつひとつ切り捨てていっても、どうしても諦めきれないのがおまえだったから……それでいいんだ」

嬉しい。けれど、そのせいで浅倉に諦めさせてしまったものがあるという事実を、忘れてはいけないと思う。

それを後悔させないほどのものを、自分は浅倉に与えられるだろうか。浅倉がこれまでに示してくれた愛情のように、敦希は自分の気持ちを伝えられているだろうか。

「なにを考えてる?」

頬を撫でられ、敦希は躊躇いながら口を開いた。

「俺、子供みたいだ……欲しがってばかりで、おまえに与えられて……それでいいのかな、って……」

浅倉は喉奥で低い笑いを響かせ、目を細めた。

「そうだな、本物の子供より手がかかる」

「浅倉……っ」

声を上げた敦希の額に、音のするキスが落とされる。

「だから、これ以上面倒を見なきゃならない相手はいらないし……おまえだけに愛情を注ぎたいんだ」

身体も心も浅倉に包み込まれて、敦希の胸に喜びと安堵が満ちた。

END

こんにちは、浅見茉莉です。この本をお手に取っていただき、ありがとうございます。

リブレさんになってからは初めてのノベルズになります『白衣の熱情』は、白衣シリーズの第二弾として、小説ビーボーイに掲載されました。

第一弾『白衣は愛に染まる』の主人公・将悟の、ロスの病院での同僚が浅倉です。ちょこっと登場して、思わせぶりに語っていたのをご記憶でしょうか（笑）。

実は元になった原稿は『白衣は愛に染まる』よりも先に書いていたのですが、バリバリの象牙の塔や大病院でなく下町の小さな開業医が舞台というところに、医者ものに消極的だった様子が窺えるような。

書き下ろし原稿を書いたのもずいぶん前だったので、著者校をしている現在、久しぶりにじっくり読み直したら、ずいぶん新鮮でした。本編も書き下ろしも改稿に手間取ったので、印象深かったはずなのですが。

特に浅倉がしょっちゅう「我慢できない」と訴えているのが恥ずかしかったです……。いいおとななのに、なんでそうなのアンタは。というか、なんでそんなこと言わせているのかと、執筆当時の自分を問いつめたい私。

同い年カップル、しかも学生時代からのつき合いという、あまり書いたことのない組み合わせも、なかなか楽しかったです。敦希のようなタイプには、どっしり構えたおとなの男が合うのかもしれませんが、浅倉も愛情だけは誰にも負けないと思いますので、これからもふたりで仲よく頑張っていってくれるといいなー。

引き続きシリーズの挿し絵を担当してくださっている高永ひなこさん、今回もすてきなイラストをありがとうございました。主役カップルは言うまでもありませんが、ちらっと出てきている本條が、クールビューティー受にスカウトしたいほど私のハートを鷲掴みです。

今回も医療関係の記述についてチェックをしてくださったドクターぴぴ、ご多忙のところをありがとうございました。

担当さんを始め制作に携わってくださった方々にも、お世話になりました。

お読みくださった皆さんにも、いつもありがとうございます。ご感想など聞かせていただければ、励みになります。

引き続きシリーズ第三弾『白衣は情熱に焦がれて』も刊行の予定ですので、またお会いできることを祈っております。

二〇〇七年　初秋　　浅見茉莉　拝

message from 浅見茉莉先生

敦希は合気道の心得がある設定ですが、それをいちばん活かすべき相手は浅倉だったのではないかと…。
1回くらい怒りにまかせてぶん投げてもよかったと思います。

浅見茉莉

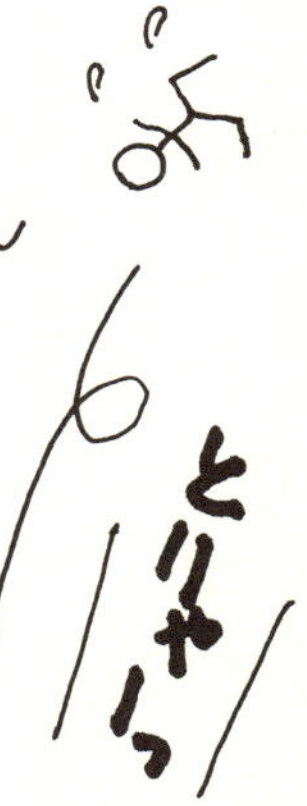

message from 高永ひなこ先生

白衣シリーズの表紙には、必ず入れなければならない『三大大事なもの』があります。それは「白衣」「聴診器」、そして「乳首」です。前回タイトルが長かったので、どんなレイアウトにしても「聴診器」か「乳首」のどちらかが隠れてしまうということがあって、どっちを生かすか、編集部でマジ会議したそうです。今回はどっちもちゃんと見えているでしょうか。そんなところにも着目しながら読まれますと、より一層趣（おもむき）も深まるのではないでしょうか。次回もがんばります。とくにちくびと。

愛の診断書《ラブカルテ》

Satoru & Atsuki

medical certificate of the love

浅倉 哲

Satoru Asakura

PROFILE

誕生日	5月28日	出身地	神奈川
身長	185cm	体重	72kg
趣味、特技	料理、陸上(ハイジャンプ)		
経歴	東都医科大学卒業 東都医科大学付属病院勤務 サウスＬＡ救急医療センター勤務 松原医院勤務		

恥ずかしいけど
浅倉に聞きました・・・。

担当医:松原敦希

問診票

Q&A by the lover♥

Q1 仕事とプライベートをバランスよく両立するために工夫していることってある?

とくに意識して工夫はしていないんだが・・・・・・。敦希は俺が家事をしていると、「申し訳ない」と時々言っているが、家事は全然面倒なものではなくて実は結構いい息抜きになっているんだ。それに、敦希が俺の作った手料理を美味しそうに食べてくれるのはとても嬉しいしな。

Q2 仕事で疲れたときのリラックス方法を教えて。

一番癒されるのは、敦希と二人きりでゆっくり過ごすこと。敦希を抱いた後、ほんのり赤みの差した色気のある寝顔を見つめたり、膝枕をしてもらったり・・・・・・そういう時間を大切にしている。
敦希に触れていると、どんな疲れも吹き飛ぶ。

Q3 俺に何かして欲しいことってある?

敦希は綺麗だから他の奴の目を引く。本当は誰にも見せたくないんだが・・・・・・。
ベッドの中で敦希は俺だけのものだと何度でも確認させてくれ。

Q4 俺との生活で困っていることがあったら言ってくれ。

今まで離れてた時間は長かったけど、これからはずっと一緒にいられるんだから敦希のペースを大事にしてゆっくりやっていけばいいと思うんだが、敦希が可愛いからすぐ触りたくなる。
欲望を制御できなくて悪いな。風呂上がりなんて無防備で色っぽいから、余計にＨも無理をさせてるんじゃないかと・・・・・・。

愛の診断書《ラブカルテ》

Satoru & Atsuki
medical certificate of the love

松原 敦希
Atsuki matsubara

PROFILE

誕生日	2月23日	出身地	東京
身長	174cm	体重	59kg
趣味、特技	合気道 (初段)		
経歴	東都医科大学卒業 東都医科大学付属病院勤務 松原医院勤務 松原医院 院長		

敦希の考えてるコトを
俺がチェックしてみました。

担当医:浅倉 哲

問診票
Q&A by the lover♥

Q1 俺の第一印象ってどうだった?

自分の意見をはっきり言うストレートな性格だけど、周りに敵を作るタイプじゃなくて、同性にも異性にも好かれてた。ルックスもいいから目立ってたな。こいつとならうまくやっていけそうだと思ったのを覚えてる。

Q2 俺に直して欲しいことってある?

前にも言ったことがあるけど、ほとんどの家事を浅倉にやってもらっているので、申し訳ないというか。たしかに浅倉はなんでも器用にこなすし、甘やかされるのも嬉しくはあるけど、俺も浅倉を喜ばせたい。今度、料理を教えて欲しい。

Q3 悩みがあったら教えて。

俺はオンとオフはきっちり分けるよう努めてきたけど、なんか最近その……朝にHしたときとか、なかなか仕事モードに入れなくて困る……。

Q4 昔の自分と今の自分、変わったなと思うところはどこ?

今の生活は本当に幸せに満ちていて、昔の自分には到底想像も出来なかったものだと思う。
浅倉に再会して一緒に医院で仕事をするうちに、下町の開業医として自分のやりたい医療や未来を明確に思い描くことができるようになった。勿論、その未来には浅倉がいて、仕事でもプライベートでもよきパートナーであり続けるのが目標なんだけど。

◆初出一覧◆

白衣の熱情　　／小説b-Boy '05年5月号掲載

白衣の熱愛　　／書き下ろし

イラスト/不破慎理
イラスト/門地かおり
絢爛
ピンナップ&
美麗
ストーリー
カード!!
激甘な恋も
情熱的な愛も
おまかせ♥な
豪華執筆陣!
読みきり満載♥
ラブたっぷり♥
究極恋愛マガジン!!
ボーイズラブを
もっと楽しむ!
スペシャル企画も
見逃さないで!
月刊
小説
b-Boy《ビーボーイ》
毎月
14日
発売
イラスト/蓮川愛
A5サイズ
Libre

ビーボーイノベルズをお買い上げいただきありがとうございます。
この本を読んでのご意見・ご感想をお待ちしております。

〒162-0825 東京都新宿区神楽坂6-46
ローベル神楽坂ビル7階
リブレ出版㈱内 編集部

BBN B•BOY NOVELS

白衣の熱情

2007年10月20日 第一刷発行

著者――浅見茉莉

発行者――牧 歳子

発行所――リブレ出版株式会社
〒162-0825
東京都新宿区神楽坂6-46ローベル神楽坂ビル6F
営業 電話03(3235)7405 FAX03(3235)0342
編集 電話03(3235)0317

印刷・製本――凸版印刷株式会社

Printed in Japan
ISBN 978-4-86263-262-3